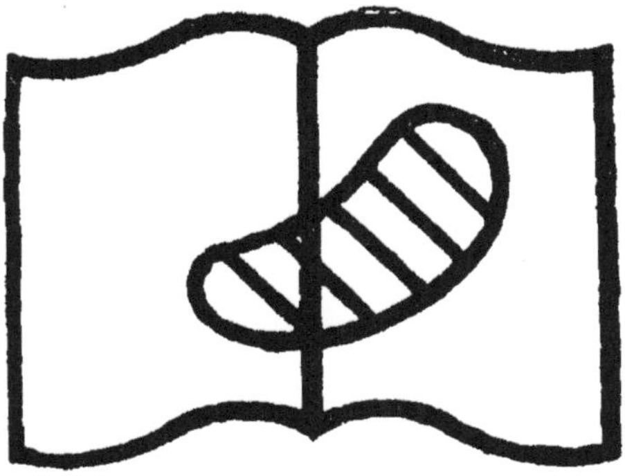

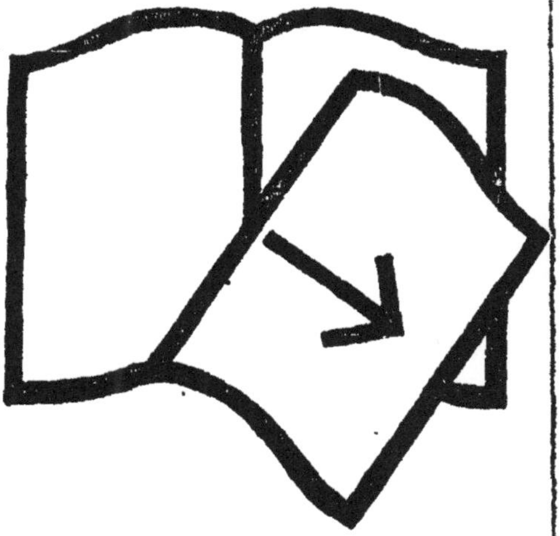

LES

ÉVADÉS DE LA SIBÉRIE

2e SÉRIE GRAND IN-8°.

LES

ÉVADÉS

DE

LA SIBÉRIE

VOYAGE DES FRONTIÈRES DE LA CHINE AUX RIVES DE LA MER GLACIALE

PAR E. DU CHATENET.

LIMOGES
EUGENE ARDANT ET Cie, ÉDITEURS.

INTRODUCTION

La Sibérie, ce territoire immense dont la superficie totale est évaluée à plus de 14,800,000 kilomètres carrés, est encore peu connue. Si ses fleuves, ses lacs, ses montagnes, ses villes principales sont nettement indiqués sur la carte, les peuplades qui en habitent les limites, les Ostiaks, les Samoyèdes, les Vogoules, les Koriakes, etc., sont encore un sujet d'étonnement pour le voyageur.

La Sibérie est peu peuplée en raison de son immense étendue : c'est presque la solitude. Pourtant que de richesses : or, cuivre, mercure, sans compter les splendides dépouilles des fauves, des animaux à fourrures tombant chaque jour sous les coups des chasseurs, et les forêts immenses et inexploitées, elle renferme! C'est que ses terres, *steppes*, marécages, *toundras*, sont presque partout impropres à la culture, c'est que son climat est des plus rigoureux : neuf mois d'hiver, contre trois d'été seulement...

Or, où l'agriculture ne peut pénétrer, il n'existe pas, pour ainsi dire, de prospérité réelle; les Américains l'ont bien prouvé en défrichant avec une persévérance merveilleuse les immenses solitudes de l'Ouest.

La Sibérie est bornée au nord, à l'est par l'Océan glacial arctique et le Grand-Océan; à l'ouest par la Russie d'Europe; au sud par le Turkestan, la Mongolie et la Mandchourie.

Ses fleuves sont nombreux: l'Ob ou Obi, l'Ienissei, la Léna, etc., qui se déchargent dans la mer Glaciale, le fleuve Amour qui tombe dans le Grand-Océan.

Quelques lacs existent sur ce sol désolé; pour ne parler que des principaux, citons le lac ou mer d'Aral, le lac Balkhach, le lac Baïkal enfin, ce dernier célèbre par ses mines de mercure.

Enfin la Sibérie possède un système montagneux très-étendu: les monts Ourals qui se dressent comme une barrière infranchissable entre les deux Russies; les monts Altaï et Yablonoï qui la séparent nettement de la Mongolie; les monts Stanovoï, à l'ouest du Kamtchatka, et les monts Vilouski au centre.

Entre ces chaînes de montagnes, dont les puissantes ramifications courent çà et là comme des vertèbres géantes, sont des steppes sans bornes, des marécages immenses, d'épaisses forêts où campent les tribus nomades, s'arrêtant où il y a assez de pâturage et d'eau pour leurs chevaux à demi sauvages au sud, pour leurs troupeaux de rennes au nord. Ailleurs, s'élèvent des villes fortifiées où réside l'autorité sous les formes de l'armée, du clergé, du gros commerce; puis viennent les misérables villages des paysans, des déportés politiques, amas d'*isbas* croulantes que surveille toujours l'œil de la police.

Car la Sibérie est avant tout le pénitencier de la Russie. De ce pays propre aux grandes cultures dans certaines de ses parties, recélant d'incalculables trésors métallurgiques et minéralogiques dans d'autres, les czars n'ont su faire qu'un bagne sinistre où vivent pêle-mêle, dans une promiscuité hideuse, soumis aux caprices des gouverneurs et au fouet des Cosaques, l'assassin et le patriote, l'illuminé et le sectaire, la femme et l'enfant.

Et sans cesse arrivent de nouveaux convois de tous les points du Saint-Empire pour combler les vides causés par la mort. La Sibérie ne vit que de cadavres...

Dans ces villages, éloignés d'au moins vingt *verstes* (1) les uns des autres, on voit souvent des hommes au visage flétri par les souffrances morales, vêtus comme les paysans de chemises de couleur, de larges pantalons s'enfonçant dans de lourdes bottes, en été, couverts de grossières fourrures en hiver. Ce sont les condamnés à la déportation simple. Ceux-là, à la condition de ne pas s'éloigner de la résidence qui leur est assignée, de se soumettre sans murmurer aux mille vexations de la police, jouissent d'un bonheur relatif; leurs femmes, leurs enfants peuvent partager leur sort, et, s'ils sont sages, meurtris, mais désabusés, ils oublient au milieu des douces joies du foyer domestique leurs rêves et leurs espérances d'autrefois...

Sur les routes aussi, on rencontre des hommes hâves, exténués, se livrant à des travaux de terrassement, d'aplanissement. Ceux-là appartiennent à la deuxième catégorie des déportés. Quoique soumis aux plus rudes labeurs, ils vivent au moins, ils aspirent à pleins poumons l'air glacé des montagnes, les chaudes brises de l'été; leur travail terminé, ils peuvent se réunir, causer, boire, fumer; si misérable que soit leur sort, ils l'acceptent sans murmurer, car c'est encore le paradis comparé à l'existence des mineurs...

La vie de ces derniers est réellement infernale. Plus d'air, plus de soleil. Toujours les ténèbres rendues plus horribles encore par la lueur de quelques lampes, pâles étoiles qui tremblotent au bout de longs fils de fer, et montrent l'entrée des sombres *galeries* où *s'agitent* des centaines de travailleurs.

Les mines tuent rapidement un homme. C'est une condamnation à mort, lente, cruelle et sans appel. Le malheureux descendu plein de sève et de jeunesse au fond de ces antres infernaux n'en sort jamais que mourant. Des cimetières sinistres existent dans ces profondeurs, et comptent, hélas! des tombes par milliers... Jamais le mineur n'aspire un *souffle* d'air, ne voit un gai rayon de soleil; toujours courbé sur sa tâche, qui

(1) Bien qu'il existe plusieurs sortes de *wersles* ou *verstes* dans le cours de cet ouvrage nous entendons toujours par verste une distance équivalant à un kilomètre.

ne s'interrompt que deux fois par an, aux fêtes de Pâques et de Noël, les galeries sont son univers : c'est là que, rongé par les chagrins, miné par les émanations délétères du cuivre ou du mercure, brutalisé par les gardiens, il essaye de vivre ou plutôt de mourir... Ce dernier terme arrive bientôt — les mines ne pardonnent jamais! — et, quand, à bout de forces, épuisé par les coups et un labeur incessant, il se couche, deux hommes le relèvent et le transportent dans un hôpital, sa dernière étape.

Mais qu'importe à l'administration moscovite? L'homme, le condamné n'est-il pas considéré comme une machine dont il faut se hâter de tirer la plus grande somme de travail possible? La machine se brise bientôt; mais, grâce au ciel, la sainte Russie est assez peuplée pour que le travail des mines ne chôme jamais.

Les condamnés à la déportation simple, aux travaux publics peuvent espérer d'obtenir leur grâce un jour; les mineurs, jamais... On ne sort pas d'un pareil enfer sans avoir le cœur gros de vengeance, l'esprit plein de sombres ressentiments; et l'on ne lâche pas un fauve alors qu'il a encore des dents pour mordre, des griffes pour déchirer.

Cela dit nous pouvons commencer notre récit.

LES

ÉVADÉS DE SIBÉRIE

CHAPITRE Ier.

Qui commence à vingt-cinq pieds sous terre.

Nous allons, s'il plait au lecteur, nous enfoncer à plus de vingt-cinq pieds sous terre et faire connaissance avec une des plus célèbres mines de mercure de la Sibérie, située au nord-ouest du lac Baïkal.

Le lac Baïkal, que les Sibériens appellent, non sans orgueil, une « mer, » apparaît presque entièrement entouré d'un cirque de hautes montagnes aux cimes élevées, et couvertes de blancs pitons neigeux. Il est plus long que large, et s'étend du sud-ouest au nord-est; c'est un bras immense, long de plus de cent lieues et large de huit à peine.

Des villes importantes s'élèvent sur ses bords : Irkoutsk, place importante, capitale de la Sibérie orientale à l'ouest; Kiathka, au sud, sur la frontière mongolienne.

Mais là n'est pas notre objectif. Pénétrons dans les mines que ferment de solides portes de fer, gardées par des détachements de Cosaques armés jusqu'aux dents. Les portes franchies on se trouve au milieu de galeries basses, étroites, à peine éclairées, qui rayonnent autour d'un rond-point, comme les alvéoles d'une ruche immense.

C'est une ruche, en effet, mais une ruche sinistre, où l'on n'entend aucun bourdonnement joyeux. Sous les coups répétés des condamnés, la terre, les rochers s'éboulent avec fracas, et, sous les pâles lueurs des lampes, apparaissent les couches de cinabre d'un rouge éclatant qui recèlent le mercure.

Tandis que les mineurs, pâles, squelettiques, vêtus de haillons sordides, aspirant en haletant l'air chargé de miasmes empoisonnés, s'acharnent à leur tâche, les surveillants, le fouet à la main, se promènent, avec l'air ennuyé d'ours en cage, prêts à punir sans pitié la moindre défaillance...

Il faut que les machines fonctionnent.

Tous ces hommes, jetés pleins de vigueur dans cet enfer, n'étaient plus que des cadavres anticipés. Beaucoup, à force de souffrances physiques et morales étaient devenus indifférents à tout, poursuivant leur tâche avec une nonchalance idiote, ou s'abandonnant à une sorte de prostration stupide, dont rien, pas même les coups, ne pouvait les tirer. D'autres, le visage sombre, l'œil plein d'éclairs, travaillaient en silence : ceux-là pensaient...

Tout à coup une cloche tinte, lugubre comme un glas funèbre. Chacun alors quitte sa tâche ; les outils cessent d'ouvrir le sol, les wagons, les brouettes de rouler : c'est la fin de la journée.

Après avoir reçu sa maigre pitance, le condamné est libre de gagner sa couche, un trou étroit creusé comme un sépulcre dans les parois des galeries.

Mais un personnage fait aussitôt son apparition, entouré de gardes comme un souverain ou un criminel. C'est le pope, — un condamné comme les autres, mais, que le caractère sacré dont il est revêtu dispense de tout travail — qui, une fois chaque semaine, descend au fond des mines porter, à ceux qui les réclament, les secours de la religion.

— Le pope! le pope!

Ce cri est dans toutes les bouches, et tous ces misérables entourent le pope, un grand vieillard à la figure ascétique, drapé dans sa large robe, et coiffé d'un haut bonnet, d'où retombe un long voile noir.

— Le pope! le pope!

C'est que le pope, n'est pas seulement un ministre religieux; aux consolations banales, aux promesses de grâce, d'adoucissement, qui, on le sait, ne se réaliseront jamais, il a joint un commerce plus lucratif; il se charge, à ses risques et périls, de remettre les lettres, si quelqu'un encore s'intéresse à ces morts vivants; il est muni d'une abondante provision de *vodki* contre lequel les mineurs échangent avidement les quelques *kopecks* que leur accorde la munificence du czar...

C'est si bon l'ivresse!... C'est l'oubli des souffrances!...

Le pope passa lentement, libre en apparence de communiquer avec les prisonniers; mais, en réalité, étroitement surveillé.

Pendant qu'il arpentait les galeries, distribuant aux uns des fioles de vodki, aux autres des médailles, des images pieuses, à tous des consolations, un homme, à la barbe et aux cheveux blanchis, se tenait accroupi au bord d'un des trous creusés dans les parois. Son œil, à l'éclat fiévreux, se tenait fixement attaché sur le pope; tout son être vibrait d'émotion.

Le pope passa.

— Rien encore? murmura-t-il d'une voix profondément désespérée; rien!...

Et, prenant sa tête à deux mains, il pleura amèrement.

— Bolsko m'a donc trahi? reprit-il... Il n'a donc pas instruit Wasilika, comme il me l'avait promis, du lieu de ma captivité?... Oh! si cela était, mieux vaudrait mourir... mourir comme Serge!... Plus d'un an s'est passé déjà... un an de peines et de tortures...

Il s'interrompit. Après avoir fait le tour des galeries, le pope revenait sur ses pas, débarrassé de ses poursuivants.

Le prisonnier soupira.

— Tu souffres, mon fils! dit le pope en s'arrêtant près de lui.

— Oui, père, je souffre! murmura le prisonnier.

— Espère, mon fils. Dieu est grand et notre père à tous, le czar est puissant...

— Dieu!... peut-il voir à ces profondeurs?... Le czar! connaît-il seulement la moitié de nos souffrances?...

Tout cela se disait pour les gardiens groupés à quelques pas de là; mais les yeux des deux interlocuteurs engageaient une conversation autrement intéressante.

— Eh bien?... semblait dire le regard du prisonnier.

— Bonne nouvelle! semblait répondre le pope.

Puis il ajouta :

— N'as-tu pas soif?... Un peu de vodki réconforte le cœur de l'homme et lui fait prendre son mal en patience...

— Tu as raison, petit père... Donne; je veux oublier...

— Tes kopecks, alors.

Le prisonnier tira de sa poche quelques pièces de menue monnaie qu'il tendit au pope. Celui-ci les serra prestement, et, en retour, glissa dans la main du prisonnier une petite fiole contenant la précieuse liqueur.

Le prisonnier tressaillit, son œil s'enflamma : il avait senti un papier que le pope lui glissait en même temps que la bouteille.

— Reste avec Dieu, mon fils, reprit le popa en s'éloignant; sa protection te gardera de tout danger...

— Merci, mon père, merci! répondit le prisonnier d'une voix pénétrée.

Et, tandis que le popa s'éloignait en compagnie des gardiens, il rampa vivement jusqu'au fond du trou qui lui servait d'asile.

— Enfin! exclama-t-il.

Et sa main froissait le papier avec une sensation de bonheur ineffable, et son cœur battait à tout rompre dans sa poitrine : la joie le rendait fou...

Il avala quelques gorgées de vodki pour se remettre; puis, plus calme, il fouilla dans un trou creusé à son chevet, et en tira un briquet et une de ces minces baguettes de bois résineux, appelés *louchina*.

A peine la lumière brilla-t-elle que, vivement, il déplia le papier.

« L'heure est venue; je t'attends! » lut-il.

La louchina, après avoir éclairé l'espace d'une seconde le long boyau, venait de s'éteindre; mais le prisonnier avait pu voir ces deux lettres W. R. qui remplaçaient la signature.

— Sois bénie, noble femme! murmura-t-il encore.

Et, faisant une boulette du billet, il l'avala.

Tapis comme des marmottes au fond de leurs trous immondes, les condamnés dormaient de ce sommeil de plomb que procure l'ivresse...

Au fond des galeries sonores on n'entendait d'autre bruit que les pas lourdement cadencés des surveillants.

* * *

Le lendemain, dès l'aube, les machines humaines étaient déjà appelées à fonctionner. Le fouet à la main, les surveillants faisaient l'appel des numéros, car, si toute tentative d'évasion était impossible dans ces galeries qui prenaient des hommes pleins de sève et de jeunesse et ne rendaient que des cadavres, il fallait compter avec la nonchalance, avec cette prostration idiote qui s'emparait si souvent des condamnés, et leur faisait préférer la mort au moindre travail.

Aux uns de dures paroles, aux autres des coups.

Les brigades étaient prêtes; un homme manquait dans la septième.

— Cent vingt-six! appela d'une voix dure Ivan-Wasiliwitch, le chef des surveillants.

Personne ne répondit.

— Cent vingt-six! répéta-t-il avec une nuance d'impatience fortement prononcée.

Même silence.

— Le fou s'est enivré avec du vodki et dort au fond de son trou, hasarda un autre surveillant. C'était hier le jour de visite du pope.

— Nous allons bien le voir, répondit le chef des argousins en tourmentant d'une main fiévreuse le manche de son fouet.

Et, suivi de trois ou quatre argousins, il s'achemina vers le trou qui servait d'asile à ce même condamné que nous avons vu, la veille, engager une conversation mystérieuse avec le pope.

Le condamné était étendu sur le côté et semblait privé de sentiment. Sans les rauques soupirs qui, par moment, soulevaient sa poitrine, sans l'expression ardente, aiguë de ses grands yeux, on eût dit un cadavre, tant il était pâle, tant ses membres étaient rigides.

— Debout, chien! cria Ivan-Wasiliwitch en accompagnant ses paroles d'autant de coups de fouet.

Cadavre anticipé, le prisonnier ne bougea même pas; il semblait insensible à toute souffrance.

— Oup!... Waï!... répéta Ivan-Wasiliwitch en frappant encore. Te relèveras-tu, chien d'ivrogne?...

Il eut frappé sur du marbre qu'il n'eut pas rencontré plus d'insensibilité.

— Chien!... ivrogne! hurlait-il toujours avec une fureur croissante, tu veux être dispensé du travail... Heureusement que je connais cela... Houp!... debout!...

— Cet homme est malade, réellement malade, dit un des geôliers qui, avec un reste d'humanité, s'était penché sur le prisonnier et auscultait sa poitrine. Tu as tort de le frapper, Ivan-Wasiliwitch.

— Dis plutôt qu'il est mort! ajouta un troisième geôlier; il ne remue pas plus qu'une souche...

— Qu'on l'enterre alors! fit Ivan-Wasiliwitch brusquement. Grâce au ciel cette graine maudite ne manque pas dans l'empire du czar...

En entendant ces mots : « Qu'on l'enterre! » le visage du condamné avait tressailli, et un rauque soupir déchira sa poitrine.

— Tu vois bien qu'il n'est pas encore mort, reprit celui qui avait intercédé : c'est à l'hôpital qu'il faut le conduire.

— Nous n'avons pas d'ordres.

— Il faut en demander.

Et, pendant qu'Ivan-Wasiliwitch s'éloignait, les geôliers essayèrent, mais en vain, de ranimer le condamné.

Une heure après — il faut des formes en tout — le chef surveillant revint accompagné du docteur et de deux hommes portant une lourde civière.

Le médecin se pencha sur le malade.

— Cet homme n'a pas deux jours à vivre... dit-il avec un soupir.

— Il n'a guère plus d'un an de mines, répondit Ivan. Généralement les condamnés résistent plus longtemps...

— Oui, mais c'était un homme énergique, reprit le docteur, et en lui la lame a usé le fourreau. N'est-ce pas Alexis Rouvanoff?

— Oui, Haute Noblesse; un ancien officier...

— Pauvre diable! Je l'ai connu dans le Caucase où il combattait avec le grade de major. De quoi l'accuse-t-on?

— C'est un nihiliste!...

— Ils le sont tous, hélas!... Qu'on l'emporte.

Alexis Rouvanoff, puisque nous savons maintenant son nom, ou le numéro cent vingt-six, comme on voudra, fut jeté sur la civière. Deux hommes soulevèrent les brancards, et le triste cortége s'achemina, à travers les galeries étroites et escarpées, vers la porte de fer que gardait un fort détachement de soldats.

Là, on s'arrêta pour remplir les dernières formalités, puis le seuil fut franchi.

On était au mois de mars. Le printemps commençait déjà, prêtant sa magie au sol sibérien. Au loin la campagne, toute bleue, toute irradiée de rayons empourprés, se dessinait à perte de vue, plate d'abord, puis dominée au nord, au sud, à l'ouest, partout par de splendides massifs de montagnes dont les cimes couvertes de neige reverbéraient chaudement les teintes enflammées du soleil.

Derrière les moscovites, le lac Baïkal étendait son immense nappe glacée, qu'accidentaient çà et là des îlots immobiles, comme des navires attendant la débâcle, des banquises microscopiques, des *hummocks*, où s'ouvraient des trous profonds. Quelques huttes de pêcheurs se voyaient çà et là disséminées sur la rive.

Dans les cieux immenses tournoyaient des volées d'oiseaux, si pressés qu'ils rayaient la plaine de leurs grandes ombres.

Quel contraste entre cette nature sublime, pleine de promesses qu'elle tenait déjà, et ce lac encore emprisonné sous son grand linceul de glace !

Le prisonnier semblait renaître à la vie. Ses yeux, tous grands ouverts, fixaient avec une expression indéfinissable le ciel où flottaient quelques nuages cotonneux ; ses narines se dilataient à la brise parfumée...

Le convoi s'acheminait vers un petit village de déportés, distant d'une verste à peine. C'était un entassement d'isbas, basses, écrasées sous leurs toits pointus, aux larges auvents ; les petites fenêtres ouvertes permettaient au regard de plonger dans l'intérieur : aucun luxe, aucune commodité, à peine le nécessaire.

Le village était dominé par un *ostrog* (1), aux solides murailles de troncs superposés, à la porte basse et cintrée. C'était là, derrière ces hautes murailles que s'élevaient l'hôpital et la prison ; c'était là encore que résidaient les soldats, les officiers et le gouverneur de la colonie pénitentiaire, un fonctionnaire assimilé au grade de lieutenant-colonel.

De semblables villages sont échelonnés de vingt verstes en vingt verstes, dans certains districts de la Sibérie.

Sur le seuil des isbas, des déportés libres regardaient, avec cette indifférence que donne l'habitude, passer le triste cortége.

— Encore un malheureux qu'on transporte à l'hôpital pour y mourir ! dit un jeune homme qui causait avec un vieillard. Les mines ne pardonnent pas.

— C'est peut-être un bonheur pour lui, repartit le vieillard avec un triste sourire. La mort pour nous, c'est la délivrance.

(1) Fort.

Cependant le cortége, après avoir gravi une rampe escarpée, passé sous une porte défendue par un poste, était parvenu à l'hôpital, une misérable baraque en bois, aux salles fétides et meublées seulement de lits de camp, munis d'anneaux et de chaînes pour y attacher les malades. Cette fois pourtant la précaution fut jugée inutile; le condamné n'avait plus que le souffle.

— Pas de danger qu'il s'échappe! ricana Ivan-Wasiliwitch; il ne sortira d'ici que les deux pieds en avant...

— C'est vrai, répondit le docteur, il ne passera pas la nuit. A quoi bon le tourmenter? Laissons-le mourir en paix c'est la dernière grâce que nous puissions lui accorder.

— Ainsi, vous croyez qu'il n'y a rien à faire, haute noblesse?

— Si... on peut appeler le pope... voilà tout.

Et ils se retirèrent. La salle était à peu près vide. Seuls, dans un coin, deux hommes agonisaient la chaîne au pied; un troisième était mort déjà.

Quand Alexis Rouvanoff se vit seul, un sourire étrange passa sur ses lèvres; son regard brillant explora la salle : les deux malades râlaient; il n'avait donc rien à craindre.

— Ah! murmura-t-il, Dieu est avec moi!... le premier pas est franchi, je suis sorti des mines, cette nuit je sortirai d'ici. Wasilika, Bolsko, à bientôt.

Et cet homme, à l'apparence spectrale, se dressa sur son séant. Son lit était proche d'une petite fenêtre grillée dominant un large préau qui se continuait jusqu'aux murailles de l'ostrog. Au-delà s'étendait la campagne, c'est-à-dire la liberté...

— C'est par là que je sortirai, pensa Alexis Rouvanoff.

En ce moment un bruit de pas, mêlé à un cliquetis de clefs, se fit entendre. L'homme se rejeta sur sa couche; il était temps, la porte venait de s'ouvrir...

Le pope, ce même ecclésiastique avec qui nous avons déjà fait connaissance, entra escorté de deux gardiens.

Sur le seuil, il se détourna et fit un signe aux geôliers, qui se retirèrent après avoir solidement verrouillé la porte.

Alors il s'avança près du condamné.

— Nous sommes seuls, car ces malheureux ne peuvent pas compter, dit-il rapidement. Néanmoins, parlons bas; les murs ici ont des oreilles...

— Avant tout, Pétrowitch-Nicarowitch, laisse-moi te remercier, fit Alexis en pressant doucement la main du pope. Si j'ai pu mettre à exécution le projet que je caressais depuis le premier jour de ma détention, c'est grâce à toi! Si j'ai su qu'*elle* ne m'avait pas abandonné, qu'*elle* était là, à quelques pas à peine, c'est encore grâce à toi!... Si demain je suis libre, à qui devrais-je cette liberté?... A toi... toujours à toi...

— Je n'ai fait que mon devoir, Alexis Rouvanoff, répondit le pope, dont la figure patriarcale s'éclaira soudainement. Protéger ceux qui souffrent, aider les malheureux, n'est-ce pas là la mission imposée aux ministres de Dieu!... Cesse donc de me remercier, je suis trop payé par le bonheur que je ressens...

— Ah! si tous les popes te ressemblaient! murmura Alexis Rouvanoff avec un soupir...

— Oui, mais tous ne me ressemblent pas... C'est ce que tu veux dire, n'est-ce pas? Malheur à eux! ils paieront cher, un jour, leurs basses complaisances pour tout ce qui est puissant... C'est par ce que j'ai pensé autrement que les autres que je suis ici... C'est par ce que j'ai pris ma mission réellement à cœur, par ce que j'ai voulu être en tout le ministre de mon Père qu'on m'a violemment transporté en Sibérie... Mais que m'importe! ne suis-je pas entouré de ma femme et de mes enfants... ne puis-je pas adoucir quelques infortunes, sécher quelques larmes?... Oh! ma part n'est pas la moins belle!...

— Tu es un saint, Pétrowitch-Nicarowitch...

— Je suis un homme faible et peccable comme tous les autres, Alexis Alexandrewitch... Mais parlons de toi, que comptes-tu faire?

— Me sauver! répondit Alexis d'une voix sombre. Wasilika et les enfants ont besoin de moi...

— Ils sont au plus proche village, à vingt verstes d'ici...

— Cette nuit j'y serai...

— Bien. Voici une lime pour scier les barreaux. C'est une heure de travail à peine. Mais, sur ta vie, évite tout bruit! La fenêtre est à peine élevée de trois mètres, un simple saut... Une fois dans le préau, tu t'achemineras vers la muraille haute d'une vingtaine de pieds. Pour la franchir une corde est nécessaire : la voici...

En même temps, il tira de dessous sa large robe une lime plate et affilée comme la lame d'un couteau, et, ensuite, une corde longue d'une trentaine de pieds, mince, mais solide et garnie de distance en distance de gros nœuds.

— Merci! murmura Alexis attendri, oh! merci!

— Ce n'est pas tout, continua le pope, tes vêtements te trahiraient. J'ai pensé à cela, et, ce soir, je déposerai au pied de la muraille ce qui est nécessaire pour opérer une complète transformation dans ta personne : Pour le reste, Bolsko, sera là. Mais tu es bien faible, mon fils!... Auras-tu la force d'exécuter ton projet?...

— Oh! ne crains rien! s'écria Alexis. Le philtre du Tzigane peut faire un vieillard d'un jeune homme, un cadavre anticipé d'un être plein de force, mais il laisse à l'esprit toute sa liberté, aux membres toute leur vigueur.

— On vient, dit rapidement le pope. Silence!...

Les geôliers entraient en effet. Pétrowitch-Nicarowitch se pencha sur le condamné et murmura doucement :

— Sois prudent, mon fils, et Dieu t'assistera...

— Puisse-t-il te récompenser un jour! dit Alexis en pressant une dernière fois la main du pope.

II

Doïcho le bohémien.

Au nord du lac Baïkal existe un petit village, reproduction exacte de celui que nous venons de décrire dans le précédent chapitre. Comme le premier, il n'est pour ainsi dire habité que par des déportés. Car, c'est à peine s'il faut compter les quelques petits marchands, juifs pour la plupart, que l'amour du lucre à fixé là, les rares ouvriers et les *moujiks* employés au service des riches condamnés. Autant que possible, le vrai moscovite se tient éloigné de ces lieux de souffrances.

Pour les condamnés dont la justice n'a pas saisi les revenus, pour ceux à qui la chancellerie fait une pension, assez forte parfois, la vie est encore supportable; ils habitent des isbas confortables, on leur permet de sortir du village, de chasser dans un rayon de cinq verstes; ils sont de toutes les soirées du gouverneur et de ses acolytes, font la partie du pope, se visitent les uns les autres. Mais que dire des pauvres diables arrachés violemment à leurs foyers, à leurs affections et jetés là sans aucune ressource?...

Une *simple mesure administrative* suffit pour envoyer un homme en Sibérie.

Comme on peut bien le penser, la population de ces villages est excessivement mêlée. Le grand seigneur coudoie le pauvre diable, le prêtre l'officier, le bourgeois le moujik. Beaucoup sont envoyés là, qui ignorent complètement de quel crime on les accuse, n'ayant jamais été jugés.

Un mois environ avant les événements que nous avons rapportés plus haut, une *kibitka*, conduite par un kalmouck faisait son entrée dans le village, et, suivie de tous les regards, s'arrêtait devant la maison du gouverneur. Une femme d'une grande beauté, mais pâle, flétrie par les souffrances, vêtue d'une longue robe noire, en descendit tenant deux enfants par la main.

Etait-ce une déportée? La voiture qui l'avait amenée n'était pourtant pas escortée comme cela se pratique ordinairement.

Cependant l'étrangère, toujours accompagnée de ses enfants, avait pénétré dans la maison de bois que le gouverneur appelait orgueilleusement son *château*.

Sémidowitch-Stakoustine, le gouverneur, avait vu un demi-siècle passer sur son front dénudé et poli comme du vieil ivoire. Depuis dix ans il jouissait de l'honneur insigne de commander quelques centaines d'exilés, de régir un royaume de quelques verstes carrées. Il avait été envoyé là par mesure disciplinaire, ayant eu, une nuit, l'*étrange bonheur* de gagner un millier de roubles à un de ses supérieurs; depuis on l'avait oublié, et lui, se trouvant bien là où il était, n'avait jamais songé à réclamer contre cet oubli. Au fond, c'était un excellent homme, brusque, mais bon pour les malheureux commis à sa garde, et de plus, d'une galanterie exquise près de toute femme, ce qui ne laissait pas d'inquiéter Marienouna-Marienounitch, sa vénérable épouse.

Conduite par un cosaque, l'étrangère pénétra dans le cabinet du gouverneur.

— A qui ai-je l'honneur de parler? demanda Sémidowitch en indiquant d'un geste un siége à la belle visiteuse.

Pour toute réponse, celle-ci lui tendit plusieurs papiers.

— Hum! fit-il, un passeport... un permis de séjour dans le gouvernement d'Irkoutsk... Parfait!

Et il reprit au bout d'un moment :

— Tu t'appelles Wasilika Rouvanoff?

— Oui, haute noblesse.

— Appelle-moi petit père. Je suis le père de mes administrés.

— Oui, petit père...

— Serais-tu, par hasard, parente de ce Serge Rouvanoff qui s'est enfui de Saint-Pétersbourg en volant son patron, et qui, sur le point d'être pris, s'est fait sauter la cervelle aux environs de Sarapoul.

— Je suis sa femme! répondit l'étrangère dignement.

— Sa femme! Au fait, je comprends, maintenant, pourquoi tu es en Sibérie.

— J'y suis venue de ma seule volonté.

— Tu as eu tort, Wasilika, grand tort, repartit le galant gouverneur. Les veuves se remarient toutes dans notre sainte Russie, et, jeune et belle comme tu l'es, tu n'aurais pas manqué d'épouseurs.

La veuve eut un sourire douloureux.

— Enfin, ce qui est fait est fait, continua Sémidowitch. Il te faut un logement. Justement, à l'extrémité du village se trouve une isba, jadis habitée par un exilé. Elle n'est pas belle, mais, ici, il ne faut pas s'attendre au luxe de la capitale.

— Oh! dit la veuve, elle sera toujours bien.

— Tant mieux ! mon Cosaque va t'y conduire. Va, j'espère que nous nous reverrons.

Il conduisit la veuve jusqu'au seuil et donna à son domestique l'ordre de la mener à l'habitation en question.

Sémidowitch n'avait pas menti en affirmant que cette isba était loin d'être belle. Quatre murs faits de rondins de sapins superposés, percés de rares ouvertures, s'affaissant sous le poids d'un énorme toit, voilà pour l'extérieur. L'intérieur divisé en trois pièces était plus délabré, plus misérable encore. Aucun meuble, sauf des bancs grossiers, une table et un énorme poêle de faïence ; les fenêtres sans vitres étaient bouchées par d'épais châssis de toile qui ne laissaient passer qu'un jour terne et lugubre.

Dans un coin pourtant s'ouvrait une niche étroite, enfumée, où trônait le patron de toutes les Russies : saint Nicolas.

Accablée, Wasilika se laissa tomber sur un siége ; de grosses larmes roulaient lentement sur ses joues pâles.

Les enfants, en voyant pleurer leur mère, s'étaient jetés dans ses bras.

— Mère ! disaient-ils, qu'as-tu ?...

Wasilika les embrassa bien tendrement.

— Je n'ai rien, mes chéris, dit-elle en s'efforçant de sourire. Je suis heureuse au contraire, oui, bien heureuse. C'est Dieu qui nous à conduits ici, et, quand l'heure sera venue, il saura bien nous en tirer. Prions-le !...

Le Cosaque du gouverneur, impassible, assistait à cette scène. Il avait vu couler tant de larmes, il avait été témoin de tant de souffrances poignantes, que son cœur s'était à jamais cuirassé contre l'attendrissement et la pitié.

— Va dire à ton maître que cette maison me convient, et fais approcher ma voiture, dit Wasilika en lui glissant quelques kopecks dans la main.

— Oui, *barina* (1), répondit le Cosaque peu habitué à de pareilles aubaines.

Et il sortit.

Restée seule, la veuve de Serge Rouvanoff se redressa.

— Du courage! murmura-t-elle; le moment d'agir est venu. Oh! mon Dieu, si près du but, soutenez-moi : j'ai peur de faiblir...

— Dieu t'exaucera, ma fille! fit une voix grave sur le seuil.

Wasilika se détourna. Dans la large baie que dessinait l'encadrement, un homme apparaissait, vigoureusement éclairé, ou plutôt baigné dans des flots de lumière dorée.

C'était un homme encore dans toute la force de l'âge, grand, modelé comme une statue antique. Sa tête, belle d'énergie et d'expression était comme encadrée dans une forêt de cheveux noirs qui se confondaient avec une barbe, noire aussi, s'évasant sur sa large poitrine. Il était coiffé d'un bonnet de fourrure et portait une longue redingote de velours vert foncé, de larges culottes bouffant au genou avant de rejoindre les grandes bottes fourrées d'agneau qui le chaussaient.

Dans sa main gauche, il tenait un long bâton dépouillé de son écorce, arme terrible, tandis que, autour de son poignet droit, s'enroulait la chaîne d'un petit ours des montagnes, qui semblait le suivre avec la docilité d'un chien.

— Bolsko! s'écria Wasilika en lui tendant les mains. Ah! sois le bien venu!... toujours je t'ai trouvé à mes côtés quand je faiblissais, quand je désespérais, et toujours ta présence m'a rendu le courage, sinon l'espérance.

— Il faut espérer, Wasilika, repartit le Tzigane, car il est remède à tout, sauf à la mort. Je t'aime à cause de *lui*, de

(1) Princesse.

de *lui* qui m'a sauvé. J'ai juré de le sauver à mon tour, de l'arracher à cette captivité plus horrible que la mort, et je tiendrai mon serment...

— Je n'en doute pas, fit Wasilika émue. Déjà tu as beaucoup fait, Bolsko; tu as traversé toute la Russie pour venir m'apporter de ses nouvelles, me dire dans quel enfer on l'avait descendu; c'est grâce à toi que j'ai pu parvenir jusqu'ici !... Mais qu'est-ce cela auprès de ce qui nous reste encore à faire?...

— Chaque chose viendra à son tour, Wasilika. L'important, maintenant est de communiquer avec lui, de lui faire savoir ton arrivée ici. Ecris un mot, je me charge de le lui faire parvenir.

— Mais pourra-t-il s'enfuir des mines?

— J'y ai pourvu encore! fit le Tzigane avec un sourire énigmatique.

— Et, comme Wasilika ouvrait de grands yeux, il reprit :

— Tiens, il vaut mieux que je te raconte tout.

Et détachant son ours, il lui fit signe de s'accroupir devant la porte.

— Veille! dit-il. Veille, Ismaël!

Puis il revint près de Wasilika.

— Il y a environ un an de cela, continua-t-il, par un jour de février, j'arpentais, seul, sans guide, les immenses plaines qui avoisinent l'Obi, aux environs de Tobolsk où résidait ma famille. Je revenais d'un village éloigné d'une vingtaine de verstes, et je pensais atteindre la ville avant la nuit. Mais j'avais trop présumé du temps et de mes forces.

« Je marchais toujours quand, avec une soudaineté terrible, une violente tempête de neige s'abattit sur la plaine. L'air fut obscurci de flocons blancs et serrés, tombant sans relâche et s'affaissant silencieusement sur le sol. Les routes disparurent bientôt On ne voyait plus à dix pas. Partout une muraille de neige si épaisse qu'on eût pu y fourrer le poing.

» Que faire? Redoubler de vitesse? C'est ce que je tentais; mais, à chaque pas, je trébuchais sur ce sol mobile; le froid me glaçait jusqu'à la moelle...

» Combien de temps dura cette lutte insensée de l'être contre les éléments? Faisait-il nuit ou jour quand, anéanti, brisé, je m'arrêtai, incapable de faire un seul mouvement? Je ne sais; dans de telles occasions on perd bien vite toute notion du temps.

» Mes genoux se dérobaient sous moi; je m'affaissai lourdement en versant des larmes amères... J'allais mourir quand j'étais à deux pas peut-être de cette ville que les rafales de neige m'empêchaient seules d'apercevoir, quand ceux qui m'aimaient attendaient mon retour... Mourir! oh! c'était par trop affreux...

» Je tentai un suprême effort! j'essayai de me relever, de ramper sur mes mains et mes genoux. Peine inutile!... mes membres, raidis par le froid, refusaient de me servir...

» Autour de moi, la neige tombait toujours sans bruit, sinistre dans sa blancheur sépulcrale... Bientôt elle serait mon linceul, ma tombe...

— » C'est fini! pensai-je.

» Je me trompais. Tout à coup, semblables à des fantômes, des hommes dont les vêtements sombres étaient semés de larmes blanches, passèrent lentement à mes côtés. D'autres tourbillonnaient sur de petits chevaux; j'aperçus des voitures...

» A défaut du bruit des pas, étouffé par la neige, j'entendais distinctement le cliquetis des chaînes.

» C'était un convoi de déportés qui se hâtait de gagner Tobolsk.

» Oh! en dépit de leurs souffrances, ceux-là étaient heureux encore... Quoique prisonniers, ils étaient pleins de vie... Moi, j'étais libre, et j'allais mourir!...

— » A moi! appelai-je, à moi!...

» Personne ne répondit; le sinistre convoi avançait toujours; il allait disparaître.

— A moi!... criai-je encore avec cette énergie que donne le désespoir.

» Cette fois un condamné sortit des rangs et me souleva dans ses bras enchaînés. Oh! je n'oublierai jamais avec quelle expression de bonté son regard se fixa sur le mien...

» Les Cosaques arrivaient, le fouet levé; le commandant du détachement passa la tête à travers la fenêtre de sa voiture.

— « Laisse ce chien, dit-il d'une voix rauque, et reprends ton rang.

— » Haute Noblesse, répondit le prisonnier avec fermeté, cet homme se meurt... Nous ne sommes guère à plus de trois verstes de Tobolsk, pourquoi ne pas l'emmener?...

— » Tu le porterais jusque-là? ricana l'officier.

— » Oui, s'il le fallait. Mais il y a de la place dans les voitures.

— » C'est un bohémien! Laisse-le, te dis-je, si tu ne veux pas faire connaissance avec le *knout*...

— » J'ai de l'argent! m'écriai-je; je donnerais dix roubles, vingt roubles, trente roubles même... Mais emmenez-moi; ne me laissez pas mourir comme un chien...

— » Au fait, il serait inhumain de l'abandonner ainsi, murmura l'officier. Qu'on le jette dans une voiture. Je lui parlerai plus tard.

» Le condamné m'enleva dans ses bras robustes, me déposa sur la paille au fond d'une voiture qui suivait le convoi pour transporter les malades. Il défit son manteau, l'étendit sur moi, ramena sur mes pieds une épaisse litière de paille, et, me tendant un flacon de vodki...

— » Bois-en quelques gouttes, me dit-il; cela te réchauffera...

— » Ton nom? fis-je en lui pressant la main.

— Autrefois, je m'appelais Alexis Rouvanoff; maintenant je suis le numéro cent vingt-six...

— » Je me souviendrai. Merci, frère!...

» Le rideau de cuir tombant sur la voiture intercepta l'air glacé du dehors. Ranimé par la douce chaleur de la paille, par les quelques gouttes de vodki que mon sauveur m'avait fait prendre, je ne tardai pas à éprouver un bien-être délicieux, et, bercé par les cahots de la voiture, je m'endormis profondément.

» Je ne me réveillai qu'à Tobolsk. J'étais complètement remis; mais tout l'argent que je portais avait disparu.

» Le commandant du détachement me faisait payer bien chèrement les quelques heures d'hospitalité qu'il m'avait accordée dans sa voiture...

» Mais que m'importait! j'étais chez moi, j'étais sauvé!

» Le nom de mon sauveur était à jamais gravé dans mon cœur. Je voulais le voir, le remercier, ce que je n'avais pu faire la veille. Apprenant que le convoi resterait quelques jours à Tobolsk, je m'acheminais vers la prison, et je sollicitai la permission de voir celui qui m'avait secouru.

» L'officier me rit d'abord au nez; mais, en lui glissant dans la main un billet de vingt roubles, je le fis bien vite changer de ton, et il donna l'ordre à un Cosaque de me conduire près du numéro cent vingt-six. Les condamnés étaient logés pêle-mêle dans une grande salle sillonnée sans cesse par des soldats armés de pistolets et de fouets. Tous portaient aux pieds et aux mains ces fers hideux qu'on leur enlève parfois sur les routes; les uns riaient, chantaient, causaient; les autres pleuraient ou songeaient tristement.

» Je reconnus bientôt celui que je venais chercher. Isolé de ses compagnons, il était assis au fond de la salle, près d'une petite fenêtre qui éclairait sa figure intelligente, mais horriblement ravagée par les souffrances. En m'apercevant, il sourit et me tendit ses deux mains enchaînées.

— » Tu vois que je ne suis pas un ingrat? fis-je en pressant ses nobles mains.

» Le Cosaque qui m'avait amené se disposait à écouter notre entretien; je lui mis quelques kopecks dans la main, et il s'éloigna en sifflant.

— » Tu ne me dois aucune reconnaissance, dit Alexis en hochant la tête; aussi bien, tu l'as vu, sans tes roubles j'étais impuissant à te secourir...

— » Mais tu m'as pris dans tes bras; tu as intercédé pour moi au risque du châtiment; tu t'es dépouillé de ton manteau pour me couvrir, que pouvais-tu de plus?... Je ne te dois aucune reconnaissance, dis-tu... Oh! parle... s'il est quelque chose que je puisse faire pour toi, je le ferai, je le jure, et Bolsko le Tzigane n'a jamais manqué à ses serments...

» Un éclair brillant illumina son regard; mais il s'éteignit aussitôt.

— » Non! dit-il; c'est impossible!...

— » Pourquoi, frère? Je te l'ai dit, rien ne me coûtera pour te prouver ma reconnaissance. Je te comprends. Tu laisses derrière toi une femme, des enfants que tu aimes, qui ignorent peut-être vers quel enfer on te conduit. Moi aussi, j'avais une femme; elle n'est plus, mais il me reste des enfants qui, sans toi, seraient orphelins, qui, sans toi, pleureraient maintenant leur père. Tu vois bien qu'il faut que je t'aide...

» Les prisonniers, qui, autour de nous, jouaient, chantaient, se disputaient, empêchaient qu'on pût entendre nos paroles.

— » Tu es un noble cœur, Bolsko, me dit Alexis attendri; je ne tromperai pas ton attente. Ecoute, je serai bref. Je n'ai pas de femme, mais une sœur, je n'ai pas d'enfants, mais des neveux que j'aime comme si Dieu les avait fait naître de mon sang. Mon frère a commis un grand crime, il a trompé la confiance de son maître, il l'a volé et s'est enfui. C'était le déshonneur pour nous. Ma sœur et moi résolûmes de le rejoindre, de lui arracher l'argent de l'infamie. Dieu nous conduisit. Après avoir traversé la Russie entière, nous le rejoignîmes aux environs de Sarapoul. Mais là, une fatalité terrible s'abattit sur nous; la police était sur nos traces, et, plutôt que de subir l'infamie, le bagne, Serge manqua de courage : il se tua...

» Mais, comme il faut toujours une victime à la justice du czar, la police m'arrêta. Je ne fus pas jugé : on ne pouvait rien me reprocher; seulement, je fus averti que, par mesure administrative, je serais envoyé à perpétuité aux mines de mercure du lac Baïkal.

» Ma pauvre sœur était à moitié folle de douleur. On ne l'inquiéta pas, et, j'ai su depuis qu'elle avait pu gagner Saint-Pétersbourg.

» Eh bien! voici ce que je te demande. Va à Saint-Pétersbourg, dis-lui que tu m'as vu, qu'elle renonce au projet que nous avions formé autrefois, qu'elle se rende en France avec ses enfants. Dis-lui cela, Bolsko, et ajoute encore que, du fond de ma prison, je ne cesserai de penser à elle, de prier Dieu de lui accorder, enfin, le bonheur dont elle est si digne...

» Je hochai la tête.

» Je ne ferai pas cela, Alexis, dis-je. J'irai trouver ta

sœur; je lui dirai : « Ton frère est aux mines de mercure,
» viens, et, tous deux, nous le délivrerons. »

» Ce fut à lui de hocher la tête.

— » On ne sort pas des mines de mercure, dit-il : on y meurt...

— » On en sort quand on est malade...

— » Oui, mais, je te l'ai dit, pour mourir...

— » Tiens, continuai-je en lui glissant dans la main un flacon, grand à peine comme un dé à coudre et facile à cacher; prends ce flacon; il contient un toxique redoutable dont les Tziganes seuls ont le secret. Ses propriétés sont terribles : en quelques minutes elles font d'un homme, fût-il aussi vigoureux qu'un chêne, un cadavre anticipé, mais en lui laissant toute liberté d'agir et de penser. Prends donc, et, quand je dirai : « L'heure est sonnée! » tu comprendras ce qui te reste à faire... »

» Le Cosaque se rapprocha : l'heure de la visite était écoulée.

— » Comment se nomme ta sœur? dis-je rapidement.

— » Wasilika Rouvanoff.

— » A Saint-Pétersbourg?...

— » Le long du canal de l'Impératrice.

— » Je me souviendrai...

» Il n'osait me remercier devant le geôlier; mais combien son regard était éloquent!... Je lui serrai une dernière fois la main, et sortis accompagné de mon Cosaque.

— » La visite a été longue, petit père? me dit-il.

» Je compris ce que cela voulait dire, et, lui donnant un rouble :

— » Je reviendrai peut-être demain, repris-je; sois toujours aussi clairvoyant. »

» Le lendemain le temps s'étant rasséréné, la chaîne se remit en route, allégée des quelques condamnés qu'elle avait laissés à Tobolsk. Combien alors je m'applaudis de ne pas avoir différé.

» Il me restait à te prévenir, je l'ai fait, et je t'ai dit :

— » Il est aux mines du lac Baïkal ; veux-tu le sauver? »

— Et je t'ai répondu : oui! fit Wasilika qui pressa dans ses mains mignonnes, les grosses pattes velues du Tzigane. Nous avons tiré de leur cachette les économies du pauvre Alexis, et nous sommes partis sans savoir au juste ce que nous ferions.

— Le projet est là, dit le bohémien en portant la main à son front ; il mûrira. Mais, adieu. Il ne faut pas que je reste plus longtemps ; les soupçons pourraient s'éveiller, et pour agir, il nous faut toute notre liberté. Adieu, ou plutôt au revoir, car je reviendrai.

— Brave cœur! tu délaisses les tiens pour nous...

— Non, dit le Tzigane avec un sourire. Ne sommes-nous pas des bohémiens, nous autres?... Etre ici ou ailleurs, qu'importe, quand on a l'espace devant soi! Ma famille m'attend dans la steppe voisine.

Et, passant la chaîne dans le collier de son ours, il s'éloigna lentement, gravement, suivi des petits enfants du village qui s'attendaient sans doute à une représentation en plein air, espérance aussitôt déçue que conçue, car le bohémien ne s'arrêta pas.

III

Quels événements se nouèrent et se dénouèrent pendant la fête du printemps.

Depuis un mois, comme nous le disions dans le chapitre précédent, Wasilika Rouvanoff habitait le petit village dont Sémidowitch-Stakoustine était le souverain. Mettant à profit sa pauvreté apparente, la jeune femme avait refusé — en réalité pour échapper aux yeux d'espions intéressés — de prendre des domestiques, et, les soins de son petit ménage l'occupant entièrement, elle évitait aussi de frayer avec ses voisins, qui se réunissaient tantôt chez l'un, tantôt chez l'autre, pour tuer le temps en causant, en jouant, en buvant.

Chaque jour, à la tombée de la nuit, elle sortait malgré le froid, la neige, risquant une petite pointe au-delà du village. Ses deux enfants, Yegor et Dimitri l'accompagnaient toujours.

La seule personne qu'elle recevait était Bolsko le Tzigane, et encore ses visites étaient-elles excessivement rareset longuement espacées.

Il fallait avant tout éviter de donner l'éveil.

Or, un soir que, tranquille dans la grande salle qu'éclairait une lampe de pétrole, elle lisait à ses enfants un chapitre de l'*Histoire nationale*, elle entendit deux coups légers frappés aux volets.

Abandonnant son livre, elle courut ouvrir.

Au-dehors la nuit était noire, et c'est à peine si elle put distinguer la haute silhouette du Tzigane.

— Il y a du nouveau, dit-il rapidement. C'est demain la fête du printemps, et de tous côtés des juifs, des colporteurs, des chanteurs nomades, des montreurs de bêtes accourent. Pendant plusieurs jours le village ne sera qu'une foire immense, et la surveillance des policiers se relâchera forcément. Il faut profiter de cet état de choses pour agir. Alexis a été prévenu aujourd'hui ; la nuit prochaine il sera libre.

— Mon Dieu ! est-ce possible ! exclama Wasilika que tant de bonheur épouvantait.

— Je l'espère fermement. Mais tu es prévenue, je me sauve. Ismaël veille, quoi que ça, il est prudent d'éviter toute surprise. Adieu !...

Wasilika referma la fenêtre ; puis prenant ses deux fils par la main, elle les fit s'agenouiller devant la statuette de saint Nicolas.

— Priez, mes enfants, dit-elle d'une voix que l'émotion et les larmes faisaient vibrer ; priez pour votre oncle Alexis ; Dieu ne peut rien refuser à ses anges...

***

Le lendemain, comme l'avait dit Bolsko, commençait cette fête du printemps si impatiemment attendue ; une fête qui n'avait rien d'officiel, qui ne se trouvait marquée sur aucun calendrier ; mais qui n'en était pas moins joyeuse et animée.

Les causes qui les ramenaient tous les ans, à époque fixe, n'avaient rien que de bien naturel. L'hiver est excessivement rigoureux en Sibérie, plus rigoureux que dans n'importe quel pays situé sous la même latitude; pendant de longs mois, la terre disparaît sous un blanc suaire; tout trafic, toute transaction deviennent impossibles : c'est l'inaction, c'est un repos semblable à celui de la mort...

Mais, quand le printemps jette ses premiers sourires sur la campagne ensevelie, quand les routes libres de neige s'ouvrent devant les caravanes et les bohémiens, l'activité renaît, le désert se peuple de nouveau. Alors, dans chaque village, dans chaque isba, il faut renouveler les provisions épuisées par l'hiver, acheter des vêtements, se procurer ces mille choses indispensables que trafiquent les marchands russes ou asiatiques, les colporteurs juifs, et les rues, les places des villages présentent l'aspect d'une foire mouvementée qui rappelle, toutes proportions gardées, le célèbre marché de Nijni-Novgorod.

Aussi, le lendemain, dès les premières lueurs de l'aube, le petit village était entièrement occupé par l'armée cosmopolite, armée pacifique s'il en fut, mais bruyante, animée, railleuse, toujours prête à en venir aux... mots. Des chanteurs nomades, des montreurs de bêtes, des empiriques, des charlatans vendeurs de remèdes impossibles, des diseurs de bonne aventure, hurlaient, criaient, se démenaient; des marchands faisaient étalage de tous les produits de l'Europe et de l'Asie, depuis les articles de toilette jusqu'aux objets de consommation les plus élémentaires; l'église était ouverte aux fidèles; les paysans des environs accouraient de plusieurs verstes à la ronde, les hommes coquettement vêtus de chemisettes bleues, rouges, de pantalons de velours tombant sur les grandes bottes, le petit chapeau incliné en arrière, les femmes drapées dans des sarafanes (1) de couleur éclatante et coiffées du *kakochnik* national.

Au milieu de cette foule passaient des Cosaques gouailleurs — ils se sentaient les maîtres, — des sauvages tartares, des Kalmouks à la peau huileuse, des Vodiaks, des Samoyèdes montés sur des rennes.

Chaque isba faisait ses préparatifs pour recevoir au moins un parent, un ami.

Seule, la maison de Wasilika était triste et silencieuse comme à l'ordinaire. Agenouillée au pied des *saintes images*, la veuve de Serge Rouvanoff pleurait et priait, et les rumeurs assourdissantes de la fête, les cris des jongleurs, les appels retentissants des marchands ne parvenaient pas à la distraire de ses sombres pensées.

C'est qu'elle souffrait cruellement de cette attente pleine de doutes et d'angoisses! c'est qu'elle avait peur d'échouer à cette heure suprême!...

Soudain une petite main s'appuya sur son épaule, et une voix caressante murmura à son oreille :

— Mère, c'est lui! c'est notre ami Bolsko! Regarde comme il est beau!...

D'un bond Wasilika fut près de la porte. Le bohémien, son ours sur les talons, une guitare sous son bras, traversait en effet la rue. Son regard rayonnait de joie, et un franc sourire s'épanouissait sur ses grosses lèvres.

— Tout va bien! semblait-il dire.

Et Wasilika reprit courage.

La journée s'écoula; la nuit vint. Sur la place superbement éclairée, paysans et déportés, Cosaques et bohémiens, fraternellement confondus, dansaient avec cette égalité de rang que donne l'ivresse. A chaque minute un

(1) Robe courte et sans manches.

tonneau de *kwass* (1) ou de vodki (2), amené sur de robustes épaules, était défoncé aux cris joyeux des ivrognes, et la ronde reprenait folle, enivrante, emportant dans ses tourbillons toute une population grisée par l'alcool et le plaisir.

Minuit sonna ; on dansait toujours.

En ce moment deux hommes, qu'un ours suivait à quelque distance, traversaient la place et semblaient se diriger vers l'extrémité du village. L'un de ces promeneurs nocturnes était notre ami Bolsko, le Tzigane ; l'autre, enveloppé dans une grande pelisse fourrée lui descendant jusqu'aux talons, un bonnet carré enfoncé sur ses yeux, s'arrêtait fréquemment comme s'il était à bout de force.

— Du courage ! lui souffla Bolsko.

— Du courage !... Oh ! j'en ai ! j'en ai ! C'est l'émotion, vois-tu, l'émotion seule qui me fait trembler... Penser que, hier encore, j'étais prisonnier, enfoui à vingt-cinq pieds sous terre, et que maintenant, je marche, je vis, j'aspire à pleins poumons l'air de la liberté... que, dans quelques minutes, je vais les voir, les presser dans mes bras !... Oh ! cette pensée me rend fou !... Qu'importe ce qui arrivera maintenant !... Je les aurai vus, je pourrai mourir...

— Chut ! dit Bolsko.

Un Cosaque passait à côté d'eux, fredonnant d'une voix avinée un vieux refrain de l'Ukraine.

— Eh ! petits pères ! fit-il en se dandinant avec la grâce d'un ours blanc, on va faire danser les jolies filles ?...

Et ils se campa insolemment devant eux. L'inconnu, l'œil brillant, étreignait le manche d'un poignard caché sous son vêtement. Le bohémien l'arrêta d'un geste et repoussa brusquement l'ivrogne qui alla s'étaler dans un ruisseau.

(1) Bière de grains fermentés.

(2) Eau-de-vie.

— Va dormir, animal! dit-il.

Ils étaient arrivés devant la maison occupée par Wasilika. A un signal du Tzigane la porte s'ouvrit, et l'inconnu se précipita en avant.

— Wasilika!...

— Alexis!... Enfin!...

Et tous deux, les yeux pleins de larmes, se tinrent longtemps embrassés.

— Wasilika, reprit Alexis, je te revois donc enfin? Ah! j'ai bien souffert; mais ce moment me paie délicieusement de toutes mes souffrances... Je te revois, toi, sur qui j'ai promis de veiller, toi que j'ai juré de ne jamais abandonner!... Les hommes nous ont séparés, et Dieu nous a réunis pour toujours... Nous ne nous quitterons plus!... Non, il n'est pas d'obstacle capable de nous désunir, maintenant!...

Les enfants aussi s'étaient précipités dans les bras de leur oncle.

— Pauvres enfants, continua-t-il, le sort s'est montré bien cruel envers vous! Qu'importe, oublions tout, exil, souffrances, angoisses, et ne songeons qu'à remercier Dieu qui a permis notre réunion!

— Et agissons surtout! recommanda le Tzigane. Cette occasion est unique et ne se représentera plus si nous la laissons échapper. Les paysans, les Cosaques, ivres de plaisir et de vodki, ne s'apercevront pas de notre fuite, ne pourront l'entraver.

— C'est vrai... A cette heure mon évasion de l'ostrog doit être connue.

— Pas encore; mais demain. Pourtant que cela ne t'inquiète pas. Les gouverneurs, tu le sais, sont responsables de leurs prisonniers, et quand ces prisonniers sont des personnages importants, souvent, s'ils les laissent fuir, ils prennent leur place aux mines. Or, il est plus facile de dire que tu es mort, qu'évadé...

Mais soudain il devint pâle, et, étendant la main vers la porte :

— Ecoutez! dit-il.

On entendait en effet une rumeur sourde, confuse que dominaient ces cris : « Arrêtez-le! arrêtez-le! c'est un prisonnier! » Puis le bruit d'une course haletante, des vociférations plus rapprochées, des cliquetis d'armes.

— Ton évasion est découverte! dit Wasilika, blême comme un suaire.

— Non! ce n'est pas cela! s'écria Bolsko. C'est impossible!...

Et, sifflant son ours, il prit la main d'Alexis.

— Viens, dit-il, c'est une fausse alerte...

Et, tous trois, le fauve et les deux hommes, disparuren par la porte du fond.

Il était temps! A peine la porte s'était-elle refermée qu'un homme, les cheveux épars, la face décomposée par la terreur, se précipita dans la salle en criant :

— Ils me poursuivent!... Cache-moi!... Sauve-moi!...

Dans la rue la rumeur grandissait; les pas se rapprochaient

— Sauve-moi! répéta l'homme.

Mais, au même instant, il recula comme au contact d'un reptile.

— Wasilika Rouvanoff! exclama-t-il; toi! toi, ici!....

— Grégory-Michaëlanoff! balbutia Wasilika à son tour.

— Oh! prends pitié de moi! reprit-il les mains jointes, la voix suppliante. Tu es ici pour le sauver, je le devine... Eh bien! moi seul peux te dire dans quel enfer on l'a descendu; moi seul connais sa retraite... Je travaillerai à sa délivrance... je t'aiderai; mais, au nom du ciel, cache-moi!...

En même temps il marcha vers la porte du fond.

Wasilika eut peur.

— Arrière, serpent! cria-t-elle d'une voix forte; arrière! je ne te connais pas!...

— Il est là! s'écria Grégory-Michaëlanoff avec un horrible sourire.

Et il voulut enfoncer la porte; mais, déjà, il était trop tard; une vingtaine de Cosaques, que suivait la foule, venaient de faire irruption dans la salle.

— Eh! fit le chef du détachement en mettant la main sur l'épaule de Grégory, tu as voulu nous fausser compagnie? C'est mal, petit père... En route! Nous allons te servir une ration qui te dégoûtera pour longtemps de pareils tours.

Grégory avait repris tout son calme.

— Oui, je me suis évadé! dit-il. J'avais soif de liberté. Que faire à cela? Rien. Certes ma position de casseur de cailloux sur les routes impériales était, à tout prendre, préférable à celle du mineur. Pourtant elle ne me plaisait pas...

— Marche! ordonna le Cosaque durement.

— Oui, je marcherai, et avec autant de joie que si on me conduisait à la liberté!... Ah! je n'ai plus peur du knout, maintenant... Je tiens ma vengeance, je tiens ma grâce. Wasilika, tu m'as repoussé... prends garde! je sais tout, j'ai tout deviné. A bientôt... nous nous reverrons.

Et, escorté des Cosaques, il sortit, un sourire cynique aux lèvres.

— L'infâme! le maudit! murmura Wasilika accablée.

Quelques minutes se passèrent encore. Le silence tomba de nouveau. Alors les deux hommes parurent.

— A l'œuvre! dit le Tzigane avec un accent farouche. Le sol est miné sous nos pas, ne laissons pas la bombe éclater.

— Tu l'as entendu? demanda Wasilika à Alexis.

— Oui, Grégory-Michaëlanoff! Ce démon sera donc toujours sur nos traces?... L'infâme, il l'a dit, il a tout deviné, et une lâche délation peut lui valoir sa grâce...

— C'est impossible!...

— Ecoute, il a fait en même temps que moi la route de l'exil; il s'est arrêté au même village; seulement, ajouta Alexis avec un sourire amer, moi, innocent, on m'a jeté au fond des mines; lui, coupable, on l'a condamné aux travaux des routes. Et, c'était justice, n'était-il pas policier?... Eh bien! demain mon évasion sera connue; il t'a vue, ses soupçons se changeront en certitudes, et il nous dénoncera...

— Que faire alors? Que faire?

— Ne rien changer à notre projet, dit Bolsko avec énergie; je réponds de tout...

Rassuré par le silence de la nuit, Bolsko se hasarda au-dehors. La rue était déserte; pas une étoile, pas un rayonnement lunaire dans le ciel tout noir. Nos fugitifs ne pouvaient mieux trouver. Wasilika prit sous son bras une petite sacoche contenant toute sa fortune; Alexis et Bolsko se chargèrent des enfants à qui on avait recommandé le plus profond silence, et, précédés d'Ismaël, qui s'avançait en éclaireur, s'engagèrent résolûment en avant.

Les habitants du village, fatigués d'une journée et d'une soirée de plaisir, reposaient dans leurs isbas, tandis que les Cosaques cuvaient leur vodki dans tous les ruisseaux. Rien à craindre : ils étaient sur le chemin de la liberté.

Bientôt, ils furent hors du village dont l'unique rue s'étendait sur une verste de longueur. Comme si elle n'avait attendu que ce moment, la lune émergea de son lit de noirs nuages, et ses rayons magnétiques éclairèrent splendidement la campagne.

— Le plus difficile est fait, dit Bolsko; le reste n'est qu'un jeu.

Alexis lui pressa doucement la main.

— Que de reconnaissance nous te devons! murmura-t-il.

— Je ne fais que payer ma dette, répondit le Tzigane. Mais marchons.

Ils firent encore une verste ou deux. Tout à coup Bolsko s'arrêta.

— Nous sommes rendus! dit-il.

Et de la main, il désigna une tente dressée au milieu de la plaine. Devant la tente flambait un feu de menues branches autour duquel on distinguait des ombres qui, sous cette lueur ardente, prenaient des formes étranges, fantastiques. Plus loin, autour d'une charrette qui dessinait dans la nuit sa bâche de grosse toile, cinq ou six chevaux des steppes squelétiques, pelés, broutaient l'herbe rare de la plaine.

C'était le campement du Tzigane; c'était là que l'attendait sa famille.

Cette famille ne se composait que de trois personnages, et, encore deux seulement étaient les enfants du bohémien. L'aîné, Andreanow, un gars courant sur ses vingt ans, à la face rouge et poilue, aux membres gros et noueux comme des branches de chêne, formait avec sa sœur Stephania, fillette de quatorze ans à peine, un contraste saisissant. Autant il était gros et court, autant elle était svelte et élancée; autant il paraissait gauche et lourd, autant elle avait dans sa tournure de grâces et de charmes provoquants. Son visage, aux tissus bistrés, avait des tons de bronze antique; ses yeux aux sourcils arqués, aux cils longuement frangés pétillaient d'audace et de résolution, et sa bouche, aux dents plus brillantes que des perles, semblait, aux dires des poètes des steppes, une grenade entr'ouverte.

Pour vêtement, elle portait un *sarafane*, d'un rouge éclatant, fermé à la naissance du cou, par une épingle d'or. Ses bras bruns et potelés émergeaient des manches largement évasées de sa chemisette de soie; et sa robe, descendant à peine à mi-jambe, laissait passer des pieds d'enfant chaussés de pantoufles de cuir gaufré.

Des sequins brillants s'enroulaient en colliers, en bracelets à ses bras nus, autour de son cou, ou piquaient de points d'or ses longs cheveux noirs épars sur ses épaules...

Nonchalamment assise, elle tenait sur ses genoux une guitare triangulaire qui vibrait, plaintive et monotone, sous ses doigts effilés.

Le troisième personnage, enfin, était un individu court, ramassé sur lui-même, velu comme l'ours Ismaël dont il portait le nom. On ne lui connaissait pas de famille. Un jour, Bolsko l'avait trouvé dans le steppe près d'un camp abandonné. Le Tzigane avait le cœur bon; il adopta l'enfant qui depuis ne le quitta plus.

Cependant les fugitifs étaient près du campement.

— Enfants, cria Bolsko, préparez tout : nous allons partir.

Et, désignant Alexis, il reprit :

— Stephania, Andreanow, Ismaëloff, regardez cet homme... C'est lui qui m'a sauvé jadis, c'est grâce à lui, à lui seul, entendez-vous, que je vis, que je peux vous aimer encore. Désormais, il sera votre maître; quelque ordre qu'il vous donne, obéissez-lui comme vous m'obéiriez à moi-même...

— Sois le bien venu, dirent Andreanow et Stephania en baisant la main de l'étranger.

Ismaëloff eut un grognement joyeux; c'était, paraît-il, sa manière d'exprimer sa satisfaction.

Déjà Stephania s'était emparée des deux enfants qu'elle baisa au front, puis saisissant la main de Wasilika, elle l'entraîna sous la tente en disant :

— Viens, ma sœur.

Andreanow et Ismaëloff attelaient la voiture.

En quelques minutes une transformation complète s'opéra dans le physique des fugitifs. Sous un ciseau habile, les longs cheveux et la barbe inculte d'Alexis tombèrent, et ce changement le rajeunit de dix ans. Puis, avec une liqueur, dont il avait le secret, Bolsko teignit en noir ce qui restait de barbe et de cheveux, accentua d'une légère couche de bistre le visage blême de l'ex-mineur.

— Voilà qui te rend méconnaissable! murmura-t-il avec une satisfaction évidente.

— Dieu le veuille! soupira Alexis.

Sous la tente, une autre transformation s'opérait aussi. En quelques minutes, aidée de Stephania, Wasilika eut dépouillé son vêtement de deuil, et revêtu le costume des bohémiennes. Les enfants, eux-mêmes, devinrent bientôt des petits sauvages très-présentables.

— C'est bien, dit encore Bolsko. Maintenant souvenez-vous de ceci : Toi, Alexis, tu es mon père, toi Wasilika ma fille aînée, mariée à un marchand nomade que nous allons rejoindre à Iakoutsk sur la Léna. Ces enfants sont les tiens.

— Ton intention est donc de remonter au nord? demanda Alexis.

— Oui, petit père! répondit le bohémien.

— Pourquoi entreprendre ce voyage long et périlleux, quand nous sommes à quelques jours à peine des frontières de la Chine; quand nous pouvons facilement gagner Pékin, et, de là, la mer par le Pei-ho?

Bolsko hocha la tête.

— Ce serait le plus court, le plus facile, mais le moins prudent aussi, dit-il. Tu oublies, petit père, que de hautes montagnes nous séparent de la Mongolie, que des postes chinois et russes existent partout, que nul ne peut pénétrer dans l'Empire du Milieu, sans des papiers en règle. Supposons même que nous réussissions à franchir les monts Altaï, nous ne sommes pas en Chine encore; le désert de Gobi nous en sépare, ce désert immense où l'on marche plusieurs jours sans rencontrer une source, un étang, que sillonnent sans cesse les Mongols pillards. Comment, avec des femmes, des enfants, le traverserons-nous?

— C'est vrai! dit Alexis.

— En allant au nord, au contraire, continua Bolsko, plus nous marchons, plus nous nous éloignons des grands centres. Tu le sais, si la Sibérie est couverte de villes, de villages, à l'ouest, au sud où le climat est plus doux, à l'extrême nord, le pays se fait de moins en moins peuplé, et, au-delà du cercle arctique, c'est la solitude complète.

— Mais là?

— Nous sommes en mars; en juin ou en juillet la mer Glaciale sera libre de glace et fréquentée par des pêcheurs, des baleiniers norwégiens ou américains qui nous donneront place sur leurs navires.

— Va donc pour le nord! fit Alexis avec un geste résolu.

— Et que Dieu nous protége! répondirent les assistants.

La tente était pliée, la charrette attelée. Les deux femmes et les enfants prirent place sur les bottes de paille, Ismaëloff, assis sur le brancard, saisit les rênes; Alexis, Bolsko, Andreanow enfourchèrent les chevaux étiques, mais cachant sous leurs dehors trompeurs un feu, une vigueur réels, et la petite caravane s'éloigna dans la direction du nord.

La lune jetait ses rayons magiques sur la steppe immense, encore couverte de plaque de neige brillante que perçait l'herbe courte et serrée; au loin, bien loin, le sol s'accidentait et se couvrait de bouleaux dont les troncs blancs, nettement éclairés par la lune, se dressaient comme autant de fantômes menaçants.

Ismaël courait devant, éclaireur vigilant, prêt à signaler le moindre danger.

Mais, aussi loin que la vue pouvait s'étendre, la steppe était déserte et silencieuse, et, par cette belle nuit toute calme, toute embaumée des premières senteurs printanières, sous l'œil paternel du Tout-Puissant, les fugitifs n'avaient rien à redouter.

IV

Les fureurs de Thadée Mechlskow et la diplomatie de Grégory-Michaïlonoff.

Chaque village de déportés, est, nous l'avons expliqué plus haut, placé sous la surveillance d'un gouverneur qui, quoique n'appartenant pas toujours à l'armée, est gratifié d'un grade équivalant à celui de lieutenant-colonel.

Dans la sainte Russie, ce paradis du fonctionarisme, il en est de même pour toutes choses, et, chaque fonctionnaire, depuis l'humble policier jusqu'au professeur de lycée, étale sur sa manche ou son col d'uniforme, des palmes et des galons semblables à ceux que portent, dans l'armée, les officiers du grade auquel ils sont assimilés.

Le gouverneur est à peu près le maître dans sa ville ou son village, et, sauf quelques inspections peu dangereuses, d'ailleurs, ne relève que de lui-même. Mais, à la moindre dénonciation, il peut être arbitrairement destitué et remplacé; il est en outre responsable de ses prisonniers et peut parfaitement, en cas d'évasion d'un personnage dangereux, aller prendre sa place aux mines ou sur les grandes routes.

On comprendra donc la colère, les terreurs du colonel Thadée Mochiskow quand, le soir de la fête du printemps, au moment où il ne pensait qu'à rire, à se divertir, on vint, on lui annonça qu'un condamné aux travaux publics venait de s'évader.

— Le chien! rugit-il. Qu'on le poursuive et qu'on le ramène. Puisqu'il n'est pas content de son sort, nous lui ferons faire connaissance avec les mines, si le knout laisse un lambeau de chair sur sa carcasse de corbeau...

Et il lança ses Cosaques sur la trace du fugitif.

Celui-ci était Grégory-Michaëlanoff. On a vu dans le chapitre précédent comment ses espérances de liberté avaient été trompées.

Le lendemain, nouvelle désertion à signaler. Cette fois la chose était à peine croyable. Un malade, tellement faible qu'il avait fallu le porter, tellement épuisé que le docteur l'avait condamné, avait pu s'enfuir en sciant les barreaux de sa fenêtre, en escaladant les murailles.

Jurant, tempêtant, l'honorable *tschinovnick* (1) se rendit à l'hôpital.

Là, il fallut bien se rendre à l'évidence : les barreaux brisés, la corde à nœud restée sur la muraille, disaient éloquemment le chemin pris par le fugitif.

Thadée fit appeler le docteur.

— Ils vont bien les malades que tu condamnes, lui dit-il d'une voix sourde.

Le docteur haussa les épaules.

— C'est comme cela que tu réponds, double brute!

— Pouvoir prévoir l'impossible? fit le docteur. Ou cet homme était un comédien consommé, ou, ce que je crois plutôt, il avait pris un philtre.

(1) Membre du *tschinn*; le tschinn est l'ordre de la noblesse.

— Et tu ne pouvais pas t'en apercevoir, animal!...

Et son bras se leva sur le docteur. Sans s'émouvoir, celui-ci le regarda froidement et lui dit :

— Fais, et j'écris immédiatement à la chancellerie d'Irkoutsk. Nous verrons bien alors, Tadée-Ivanowitch, si tu restes vingt-quatre heures ici.

Thadée n'osa passer outre; il se mit à arpenter la salle en mordillant sa moustache fauve.

— Les brutes! rageait-il, les chiens!... ils ont donc juré de me faire crever de colère?... Hier ce Grégory, aujourd'hui cet Alexis Rouvanoff, un condamné aux mines!... C'est une honte!...

— Ils s'entendaient peut-être? dit le docteur.

— Parbleu! voilà l'affaire! Grégory a aidé l'autre à fuir; il lui a fourni des vêtements, de l'argent peut-être... c'est clair comme la justice du czar! Mais je le saurai; il avouera dussé-je le faire périr sous les coups...

En attendant que son procès s'instruisît, Grégory avait été emprisonné. Les cachots russes sont loin de réaliser l'idéal rêvé par le philanthrope. Celui-ci était tout simplement un trou plus long que large, ménagé dans les fondations du fort; un étroit soupirail, qui, au dehors se trouvait au ras du sol, et, à l'intérieur, à la naissance de la voûte, laissait passer quelques rayons, ternis, blafards, éclairant à peine le sol boueux, les murs brillants de salpêtre et d'humidité.

C'est là, les fers aux pieds et aux mains, couché sur un semblant de litière que nous retrouvons Grégory-Michaëlanoff.

Il ne paraissait nullement inquiet, nullement intimidé. Et pourtant ce lieu ne pouvait lui inspirer que de tristes pensées; combien de malheureux avaient écrasé de leur corps la paille de ce misérable grabat? En cherchant bien il eut pu voir sur la glaise détrempée l'empreinte de leurs pieds.

Grégory n'ignorait pas que la justice impériale punit sévèrement toute tentative d'évasion : le knout d'abord, supplice plus horrible que la mort, et, si on en réchappe, les mines à vie...

Et il était calme, presque souriant...

Tout à coup l'écho des corridors répéta des pas lourds et nombreux; une clef grinça dans la serrure, et la porte de chêne solidement bardée de fer tourna sur ses gonds.

Thadée Mechiskow et quelques soldats parurent dans l'encadrement. Un soldat portait une lanterne, un autre un fouet à plusieurs lanières, au manche court mais flexible.

Le prisonnier s'était redressé.

— Je vous attendais Thadée-Ivanowitch (1)! dit-il au gouverneur.

Celui-ci bondit.

— Tu m'attendais, chien! fit-il. Eh bien! je suis sûr que tu n'attendais pas celui-ci?...

Et il démasqua l'homme au fouet.

Grégory haussa dédaigneusement les épaules : il se sentait fort.

— Oui, je vous attendais, reprit-il. Les portes de vos souterrains sont de fer, Haute Noblesse, et pourtant elles n'empêchent pas les prisonniers de prendre leur volée...

— Tu t'es trahi toi-même? s'écria triomphalement Thadée Mechiskow; tu avoues être le complice d'Alexis Rouvanoff!...

Grégory eut un sourire triomphant aussi... Il ne s'était donc pas trompé, il avait donc deviné?...

— Mais tu parleras, continua le gouverneur, dussé-je te faire écorcher vif!

(1) Nous avons expliqué ailleurs, pourquoi il est d'habitude en Russie de faire suivre le nom d'un individu de celui de son père.

— Il n'est pas besoin de cela, Thadée-Ivanowitch. Ordonnez qu'on nous laisse seuls, et vous saurez tout.

Le prudent gouverneur hésitait. Mais, réfléchissant que le prisonnier était enchaîné, qu'il lui était facile de mettre une distance infranchissable entre Grégory et lui, il fit de la main un signe aux soldats qui se retirèrent.

— Parle, maintenant, dit-il. Où as-tu laissé ton complice ?

— Cet homme n'était pas mon complice, Haute Noblesse; hier encore j'ignorais son évasion...

— Tu mens !

— Je dis la vérité, Haute Noblesse. Il serait stupide d'ailleurs de supposer cela. Depuis quand peut-on communiquer avec les mineurs? Si j'avais aidé cet homme, nous nous serions enfuis ensemble.

— Tu ne sais rien, alors?...

— Je sais tout, et je vais vous le prouver. Pour cela, il faut remonter quelque peu dans le passé. Il y a environ dix-huit mois, un homme nommé Serge Rouvanoff, caissier dans la maison Matrowitch et Cie, quittait Saint-Pétersbourg, emportant pour plus de cent mille roubles d'argent et de valeurs. Le banquier porta plainte immédiatement; mais le coquin avait si bien pris ses mesures qu'il fut impossible de découvrir sa trace.

« Malheureusement, il laissait à Pétersbourg sa femme Wasilika et son frère, Alexis, l'homme qui vient de s'échapper. Ces deux fous, aussi bêtes qu'honnêtes, se mirent dans la tête de rejoindre le fugitif, non pour partager — les idiots! — mais pour le contraindre à une restitution. Ce fut ce qui le perdit. La police, qui les surveillait, les fit *filer* par un agent adroit. Celui-ci s'embarqua avec eux pour Moscou, et, de loin comme de près, ne les perdit pas de vue.

» Je ne vous retracerai pas les péripéties de cette chasse

à l'homme. Qu'il vous suffise de savoir que, après bien des aventures, Wasilika et Alexis rejoignirent enfin le coupable dans une forêt, située entre Kazan et Sarapoul. Mais ils ne jouirent pas longtemps de leur bonheur; la police était sur leurs traces, et les atteignit au moment où ils se préparaient à prendre de nouveau le large...

» Il fallait ou mourir ou se rendre. Serge Rouvanoff préféra mourir, et, avant qu'on put l'en empêcher, se logea une balle dans la poitrine.

» Mais qu'importait au policier! Il tenait le fameux portefeuille; il tenait Alexis Rouvanoff qui, dénoncé par lui comme un conspirateur dangereux, fut envoyé aux mines à perpétuité. »

— Tout cela ne m'explique pas l'évasion de ce chien, interrompit le gouverneur.

— Patience, Haute Noblesse. Wasilika, la malheureuse créature, frappée de deux coups si cruels, la mort de son mari, l'arrestation de celui qui avait été pour elle un père, plutôt qu'un frère, était devenue à moitié folle. Mais sa démence ne dura pas longtemps, car, après s'être rendue à Saint-Pétersbourg, elle disparut tout à coup.

« Or, écoutez bien ceci, il y a deux mois, trois mois peut-être, je ne saurais préciser, une femme s'arrêtait au village voisin et s'y établissait. Cette femme était Wasilika qui avait juré de retrouver son beau-frère. Comment a-t-elle pu correspondre avec lui? Je l'ignore. Toujours est-il què, hier au soir, pendant la fête du printemps, Alexis, évadé des mines, se trouvait chez elle...

— Et tu ne l'as pas dénoncé, misérable!...

— Je n'avais que des doutes, alors.

— Bien! à cause de ta révélation, je te fais grâce du fouet.

— Mais que comptez-vous faire, Haute Noblesse?

— Envoyer mes meilleurs limiers sur la trace de ce chien.

Grégory hocha la tête.

— Mauvais moyen! dit-il. Je connais Alexis Rouvanoff, c'est un rude joûteur et vos meilleurs limiers seront roulés comme des enfants. Pour lutter à armes égales, il vous faudrait un homme adroit, un policier de Moscou ou de Pétersbourg connaissant le fugitif, sachant déjouer ses ruses, ou encore, quelqu'un nourrissant contre lui une de ces haines vivaces, terribles, que rien ne peut effacer.

— Mais, où trouver cet homme?

— Il est devant vous...

— Toi!

— Moi!

— Qui donc es-tu? s'écria le gouverneur, effrayé du feu sinistre qui brillait dans la prunelle de l'espion.

— Vous ne l'avez pas deviné? s'écria Grégory avec un ricanement strident. Je suis le policier, envoyé à la poursuite de Wasilika et d'Alexis, je suis celui qui les a arrêtés... Je suis enfin celui qui, hier, errant, fuyant la captivité, s'est jeté aux genoux de cette femme maudite, et qu'elle a repoussé comme un chien... celui qui brûle de haine, qui a soif de vengeance...

— Mais, pourquoi es-tu ici, alors, si tu appartenais à la police de Saint-Pétersbourg?...

— Ah! fit Grégory en changeant de ton, pour un oubli, une distraction. Après la mort de Serge Rouvanoff, sentant dans ma poche le portefeuille, gouflé de billets de banque, de valeurs, j'ai oublié la route de Sarapoul. j'ai, par distraction tourné la tête de mon cheval du côté de l'est. J'étais même si distrait que je serais même allé plus loin sans de désagréables policiers qui m'arrêtèrent au moment où je franchissais la frontière sibérienne.

Tadée Mechiskow ne put retenir un sourire.

— C'est être par trop distrait, aussi! fit-il.

— Et ma proposition? dit Grégory hardiment.

— Je réfléchirai.

Et pendant ce temps les fugitifs auront gagné le large. Non, il faut agir sans retard ou tout est compromis sinon perdu...

— Soit! dit le gouverneur. Je vais faire prendre des informations dans le village voisin, et, si elles concordent avec ton récit, prépare-toi à voyager en Sibérie.

— Et si je réussis? demanda Grégory, l'œil brillant.

— Il faut réussir, ta grâce est au bout! répondit Thadée.

Et, appelant les soldats massés dans le corridor, il sortit.

La porte se referma; les pas s'éteignirent, lugubres, au fond des longs couloirs. Grégory s'était redressé; une lueur sinistre faisait flamboyer son regard; un rictus amer crispait ses lèvres : il était hideux ainsi.

— Va! dit-il. Je suis tranquille maintenant; je tiens ma vengeance!

Trois heures après, les pieds et les mains libres d'entraves, il était amené auprès du redoutable Thadée Mechiskow.

— Tu ne t'étais pas trompé, dit-il; les choses ont dû se passer comme tu les avais pressenties. Ce matin on s'est aperçu de la disparition de Wasilika, mais sans y attacher d'importance.

— Oh! la haine est perspicace, Haute Noblesse.

— Tâche donc qu'elle te serve toujours aussi bien. Dans une heure tu partiras. Combien te faut-il d'hommes?

— Huit, c'est suffisant, Haute Noblesse. Mais que ces hommes soient choisis parmi les plus résolus, les plus braves, qu'ils m'obéissent comme ils obéiraient au czar lui-même.

L'éclair d'un soupçon traversa l'esprit du gouverneur.

— J'aurai l'œil sur toi, dit-il durement. Surtout n'essaye pas de me tromper, de profiter de cette occasion pour vouloir t'enfuir. Au premier soupçon de trahison, mes hommes tireront sur toi. Ainsi, tiens-toi pour averti.

L'espion sourit.

— Quel intérêt seul, sans argent, aurais-je à vouloir fuir? dit-il. Non, mon intérêt, ma vengeance sont d'accord et me poussent à agir... Je réussirai, je le veux...

— C'est bien! De quel côté commenceras-tu tes recherches?

— Nous sommes trop près de la Mongolie pour que les Rouvanoff n'aient pas essayé de passer la frontière, répondit Grégory. Vouloir prendre la route de Tobolsk, pour rentrer en Russie, serait folie insigne : ils n'y songeront seulement pas; le nord ne leur offre aucune ressource, c'est donc la route du sud qu'ils ont choisie.

Les deux hommes causèrent longtemps encore, élevant des objections, dressant leur plan de campagne. Enfin, Thadée Mechiskow congédia l'espion qui sortit à reculons.

Grégory triomphait; il retrouvait son élément.

— A nous deux, Alexis! dit-il en quittant le gouverneur, je prendrai une terrible revanche!...

A la tombée du jour, peigné, rasé, confortablement vêtu, il s'élançait en selle, et, suivi de ses huit Cosaques, galopait à toute bride sur la route de Kiachta.

— En avant! cria le misérable d'une voix retentissante; nous les tenons!

Il ne se trompait que de direction.

* * *

Pendant qu'au village s'accomplissait ainsi l'œuvre de haine, la petite caravane, assurée d'une nuit et presque d'une journée d'avance, continuait sûrement sa route vers le nord. Si, à partir des monts Ourals jusqu'à Tomsk, le pays n'est qu'une steppe immense, sans fin au-delà du lac Baïkal, il s'élève en collines, en montagnes pittoresques, accidentées, couvertes d'éternelles forêts de bouleaux aux troncs lisses et blancs.

Ces forêts servent de refuge aux derniers aborigènes, rares de nos jours, car, peu à peu, reniant leurs religions, modifiant leurs coutumes, s'alliant avec les étrangers, Toungouses, Kalmoucks, Iakoutes, Vodiaks, Oskiaks, Bouriattes se sont assimilés à la grande famille moscovite, jusqu'à un certain point du moins. Il faut se hasarder bien au sud ou au nord, soit dans les steppes qui bordent la mer d'Aral, soit au milieu des champs de glace immenses, pour rencontrer, avec les mœurs et les traditions du passé, quelques tribus de Khirgis, de Samoyèdes, de Vogoules, que la civilisation n'a pas encore effleurées.

Ces peuplades sont toutes nomades : les unes promènent leurs tentes, leurs troupeaux de rennes dans les déserts glacés, les autres campent avec leurs moutons, leurs chevaux à demi-sauvages sous le couvert des bois, au milieu des steppes à l'opulente végétation.

Comme la Russie d'Europe, la Sibérie se divise en gouvernements désignés par le nom de leurs villes principales. Ces villes, bâties presque toutes sur quelques rivières, quelques fleuves importants, sont les résidences de la police, du clergé, des hauts fonctionnaires, le séjour forcé de bien des prisonniers politiques. Tobolsk et Irkoutsk sont considérées comme les capitales de la Sibérie occidentale et orientale.

Omsk, Tomsk, Iakoutsk, etc., sont des villes de moindre importance.

Entre ces villes, le pays se couvre de nombreux villages, aux grandes isbas de bois, habités les uns par des exilés, les autres par des paysans, des marchands libres. Quelques-uns de ces villages sont des centres de commerce très-importants.

Bolsko savait tout cela. Aussi était-il fermement résolu à éviter les villes, assez rares, car, comme grands centres Iakoutsk seul devait se présenter sur sa route; mais encore les villages un peu importants.

Il connaissait sa Sibérie pour l'avoir parcourue plusieurs fois; d'ailleurs sa boussole — une grossière mais excellente boussole — ne pouvait le tromper; il avait des armes, de la poudre en quantité suffisante, des vivres pour quelques jours, du thé et de l'alcool pour longtemps; il ne craignait pas l'avenir.

— Et puis, s'il le faut, on chassera, dit-il à Alexis. Le gibier abonde dans les forêts de la Sibérie, et ses rivières, ses fleuves sont les plus poissonneux du monde.

— Tu as raison, répondit Alexis. A quoi bon se créer des fantômes et des chimères? Il arrivera ce qui plaira à Dieu, qui tient dans sa main notre perte ou notre délivrance.

— Et nous avons assez souffert dans le passé pour ne pas avoir confiance en l'avenir, ajouta Wasilika avec un pâle sourire.

— Bien parlé, ma fille! dit le Tzigane.

Ce mot termina la conversation. On pressa les chevaux qui prirent aussitôt le grand trot, malgré le mauvais état de la route qui, en cet endroit, serpentait au milieu des cimes convulsées, qui enserrent le lac Baïkal, comme les parois d'une cuve gigantesque. La douce influence du printemps se faisait sentir, même sur ses hauteurs, et mille ruisseaux, changés en torrent par le dégel, couraient, en grondant, se précipiter comme des nappes de cristal, du sommet des noirs rochers.

Çà et là apparaissaient quelques massifs de pins à la verdure éternelle, de bouleaux aux troncs droits comme les colonnes d'un temple. Partout la sève bouillonnait et gonflait l'écorce rugueuse, les premiers bourgeons s'épanouissaient, l'herbe pointait serrée sur le sol, contrastant avec les larges plaques de neige que le soleil n'avait pas encore fondue.

Pour ménager leurs chevaux, les fugitifs avaient mis pied à terre et marchaient lentement, s'arrêtant presqu'à chaque pas pour respirer l'air frais qui soufflait sur ces hauteurs, admirer un nouveau point de vue; vers le soir, ils atteignirent le sommet de la plus haute chaîne.

De là le spectacle était magique. Au sud, à l'est, à l'ouest, des montagnes, toujours des montagnes dont les cimes s'arrondissaient sous leurs blanches parures de neige, et au milieu desquelles dormait le lac immense. Le soleil, à son déclin, rougeâtre, embrasé, jetait ses teintes éblouissantes sur ce grand paysage, comme s'il eut voulu le caresser une dernière fois avant de disparaître.

Au nord, au contraire, la contrée se déroulait infinie, à peine accidentée, et laissant déjà pressentir le voisinage de ces grands fleuves : la Léna, l'Ienissei...

Les fugitifs s'étaient arrêtés.

— N'est-ce pas qu'elle est belle notre Sibérie? dit Bolsko qui dilatait ses larges narines, ouvrait sa grande bouche de peur de perdre un souffle d'air.

— Oui, elle est belle! répondit Alexis avec un soupir, bien belle! Mais combien le serait-elle davantage si, au lieu d'en faire un bagne, le czar en avait fait un pays libre! Quelle contrée est plus favorisée sous le soleil? Si, en certains endroits, son sol se montre rebelle aux efforts du laboureur, ne recèle-t-il pas dans son sein de l'or, du mercure, du cuivre à profusion? Ses magnifiques forêts ne sont-elles pas peuplées d'animaux divers, depuis l'ours, le loup, le renard jusqu'aux martres, aux hermines, aux zibelines, dont les fourrures sont sans prix? Le bois, tant dédaigné, livré à une exploitation intelligente, n'enrichirait-il pas l'industrie?... Ses lacs, ses fleuves approvisionneraient de poissons l'Europe entière... Et, sauf les mines — tombeaux de ceux qui y travaillent, — tous ces trésors naturels sont abandonnés, méconnus.

— Un jour viendra où le gouvernement connaîtra le prix de tout cela! murmura Wasilika.

— Ce jour est loin, pauvre femme! Les Russes ont fait de la Sibérie un enfer, et cet enfer leur est nécessaire pour y jeter, pêle-mêle avec des voleurs et des assassins, ceux qui protestent, ceux qui pensent, qui travaillent pour le progrès.

— La nuit vient! dit Andreanow.

— Campons ici.

En quelques minutes Ismaëlanoff et Andreanow eurent dételé la charrette, entravé les chevaux et dressé la tente. Stephania et Wasilika préparèrent alors le dîner, maigre repas composé de viande fumée et de thé. Puis, après une courte causerie, les femmes se retirèrent dans la charrette, les hommes sous la tente, et le silence plana de nouveau sur la montagne.

Seul, accroupi à l'entrée de la tente, l'ours veillait comme une sentinelle vigilante.

Aucun incident ne troubla cette première nuit de liberté.

V

Le pays et ses habitants.

Le voyage se continua les jours suivants sans amener aucune péripétie digne d'être signalée. A mesure que les fugitifs s'éloignaient du sud, ils sentaient leur cœur s'ouvrir à la confiance; chaque pas en avant, chaque étape franchie les rapprochait du but, et que dire quand ce but est la délivrance!...

Le pays, les montagnes franchies, redevenait plat. A gauche coulait l'Angara, cette rivière puissante qui sort du lac Baïkal et grossit l'Ienissei du tribut de ses eaux; à droite, la Léna éparpillait ses nombreux affluents.

Avec le printemps, les oiseaux et les nomades quittaient leurs retraites; il fait si bon vivre en plein soleil, après plusieurs mois d'ennuyeuse claustration! De tous côtés on abandonnait les villages, les isbas enfumées, on préparait les tentes. Les hommes, par groupes de vingt ou trente, armés de flèches et de fusils, se préparaient pour les chasses du printemps, ou, empaquetant les fourrures précieuses conquises pendant l'hiver, entreprenaient de longs voyages vers quelque lieu de foire célèbre.

Presque tous les habitants de cette partie de la Sibérie sont des Toungouses, race autrefois puissante, mais qui, de jour en jour, tend à s'annihiler, à se fondre dans ce grand tout qui s'appelle la population moscovite. C'est le sort ordinaire des nations conquises; elles disparaissent forcément absorbées par les conquérants. Autrefois, ils avaient leurs lois, leur religion, leurs coutumes, leur langage. Aujourd'hui, ils sont Russes par les mœurs et le costume, et, perdus dans la masse toujours croissante des envahisseurs, on ne les reconnaît qu'à leurs nez écrasés, leurs fronts bas, leurs yeux bridés; encore ce type asiatique a subi bien des mélanges.

Les Toungouses sont adroits cavaliers, chasseurs intrépides. Quelques peuplades, qui vivent bien plus au nord, ont gardé la religion, les usages de leurs ancêtres et pratiquent la polygamie. Ils possèdent de grands troupeaux de rennes qui les nourrissent de leur lait, tirent leurs légères charrettes en été, leurs traîneaux en hiver, et dont les dépouilles servent encore à les vêtir. Ceux qui vivent près des villes sont presque tous convertis à la foi orthodoxe.

Tandis que les hommes courent les steppes, les forêts impénétrables à la poursuite du gibier, les femmes gardent la maison, soignent les enfants, s'occupent des plus durs travaux.

Ces peuples, comme tous les habitants de la Sibérie, sont affables et hospitaliers pour les étrangers.

Les fugitifs savaient cela; aussi s'arrêtaient-ils, parfois, le soir, à la porte d'une de ces isbas et sollicitaient une hospitalité toujours généreusement accordée. Aucune question indiscrète à craindre. Ils voyageaient. Pourquoi? dans quel but? C'est ce qu'il importait peu aux Toungouses de savoir.

Au matin, ils repartaient comblés des bénédictions de

leurs hôtes qui, dans leur pauvreté, trouvaient encore moyen de glisser quelques provisions dans la voiture.

On marchait donc sans essayer de trop sonder le redoutable avenir. Wasilika et Alexis avaient oublié leurs sombres préoccupations et ne semblaient vivre que pour les deux enfants, toujours cramponnés à la jupe de Stephania, qui leur racontait d'effroyables histoires où la *roussalka* (1), les esprits des bois et des airs jouaient toujours un rôle terrible, ou jetait au vent des steppes quelques refrains sonores et harmonieux que les clochettes de l'attelage accompagnaient de leur éternel carillon. Bolsko et son fils étaient toujours admirables de prévenances et de dévouement; Ismaël cabriolait lourdement, et Ismaëloff lui-même, ce géant taciturne, s'oubliait parfois jusqu'à sourire.

Souvent pourtant, les enfants demandaient.

— Où allons-nous donc?

— Nous allons dans un beau pays, répondait Wazilika, dans un pays où pour les honnêtes gens, il n'existe ni mines, ni Sibérie.

— Et où la liberté n'est pas un vain mot! ajoutait Alexis.

— Comment le nomme-t-on ce pays?

— La France!

— Est-ce loin? arriverons-nous bientôt?

— Oui, bientôt, mes chéris!

— Et notre père? Le retrouverons-nous là-bas?

Les pauvres enfants ignoraient qu'ils n'avaient plus de père... Alexis n'avait pas jugé à propos de leur raconter cette longue et terrible histoire qui s'était terminée par la mort de Serge Rouvanoff. Ils étaient trop jeunes encore pour comprendre.

(1) Syrène qui, suivant la superstition moscovite, réside au fond des lacs et des étangs.

— Oui, vous le reverrez... un jour! murmurait douloureusement Wasilika.

Et, avec la mobilité de leur âge, ils n'y pensaient plus. Un daim, un sanglier qu'ils apercevaient au fond d'une clairière, un coq des bois chantant au faîte d'un arbre leur arrachaient des cris de surprise et d'admiration. Ils couraient à perdre haleine après un oiseau, un papillon, puis revenaient fatigués mais radieux, se blottir dans la paille de la charrette.

Stephania et la veuve de Serge Rouvanoff s'étaient éprises l'une pour l'autre d'une amitié sincère. La veuve n'était-elle pas malheureuse, traquée, errante... cela suffisait pour lui attirer toutes les sympathies de la jolie Tzigane; d'un autre côté Stephania était pour les deux enfants plus qu'une sœur, une mère véritable qui les gâtait, les choyait, et c'est en aimant ses enfants qu'on touche le cœur d'une mère...

Alexis et Bolsko s'entendaient aussi merveilleusement. Ils se devaient tant l'un à l'autre!

Cependant aux verstes déjà franchies s'ajoutaient de nouvelles verstes. Les fugitifs approchaient de la Léna; ce fleuve puissant, qui se décharge avec tant d'impétuosité dans la mer Glaciale, se réduisait là aux proportions d'une simple rivière à peine assez large et profonde pour faire flotter le canot d'écorce du Toungouse nomade.

Sur ces rives basses et marécageuses, à l'ombre des saules noirs, des aunes et des trembles s'élevaient des huttes en roseaux plâtrées de terre glaise, ou des isbas de bois que des affaissements successifs du sol, faisaient pencher d'une façon plus pittoresque que rassurante.

Aux fenêtres sans vitres, dans l'encadrement des portes basses, apparaissait une figure plate, au nez tellement écrasé qu'il faisait à peine saillie, aux yeux ronds, à la bouche démesurément fendue; parfois une barbe, blanche et longue comme celle d'un ermite du désert, complétait cette physionomie étrange. A la vue des voyageurs, le personnage sortait perdu dans son long *touloupe* qui lui descendait jusqu'aux talons, et coiffé du bonnet rond ou carré ; il saluait amicalement les étrangers, et, adossé contre la muraille pourrie de son isba, où, semblables à de gigantesques toiles d'araignées, séchaient des filets, les suivait longtemps des yeux.

Les femmes — moins la barbe pourtant, — ressemblaient en tous points aux hommes. Même pelisse fourrée, s'allongeant en robe et serrée à la taille par une ceinture de cuir, mêmes bottes lourdes et disgracieuses; la coiffure seule différait.

Si on pénétrait dans ces tristes intérieurs, le regard avait bien vite fait de les explorer en entier. Point de meubles; des fourrures pour lits; au milieu un poêle énorme en maçonnerie, sur lequel on se couche pêle-mêle l'hiver; dans tous les coins des amas, des entassements d'objets plus indescriptibles les uns que les autres.

L'été, le soleil, pénétrant librement, éclairait de ses chauds rayons ces misérables taudis. Mais l'hiver tout est clos, les fenêtres sont bouchées avec des peaux tendues, le poêle ronfle joyeusement — car, en Sibérie le bois ne coûte que la peine de le couper, — et, dans cet espace de quelques pieds carrés, dans une atmosphère étouffante, imprégnée d'une fumée tellement épaisse que — suivant une expression populaire, — on pourrait la *couper au couteau*, toute la famille, composée souvent de nombreuses personnes, vit, s'agite, mange et dort.

— Quelle misère! dit Wasilika un jour.

— Ces hommes sont pourtant les sujets du czar, tout comme les élégants de Moscou ou de Pétersbourg, répondit Alexis. Que fait le gouvernement pour eux? Rien. Au lieu de les protéger contre l'ignorance et la superstition, de répandre parmi eux l'instruction à flots, on les laisse s'abrutir dans une vie toute matérielle, toute animale... Aussi quoi d'étonnant que la matière se développe au détriment de l'intelligence, que ces malheureux aient tous les instincts de la brute?...

— Tu es sévère, frère! remarqua Bolsko.

— Je suis juste, puisque je touche la plaie du doigt.

— Soit, le gouvernement a bien quelque tort; mais les Toungouses n'ont pas toutes les raisons pour eux non plus. Ce peuple est essentiellement nonchalant; il ne connaît pas ou connaît très-peu l'agriculture; jusqu'à présent la steppe lui a fourni assez d'herbe pour ses troupeaux de rennes ou de chevaux; la pêche et la chasse lui assurent une nourriture abondante; il se couvre des fourrures les plus grossières, et la vente des autres lui permet d'approvisionner sa cabane de thé, de kwass, de vodki. Que faut-il de plus à un peuple encore si près de l'enfance? Pourtant, je dois te le dire, il existe des exceptions. Bien des Toungouses se sont fixés dans les villes, à Irkoutsk, à Iakoutsk, dans les grands villages, se livrent à l'industrie, font le trafic et se créent parfois des fortunes assez considérables.

— Ceux-là sont civilisés, convertis.

— Qui te dis que le tour des autres ne viendra pas?

Alexis ne répondit pas.

— Nous approchons, continua le Tzigane, et avant le mois de juillet, nous aurons atteint les rives de la mer Glaciale.

— Ce sera le salut.

— Et la séparation! dit Stephania lentement.

— Pourquoi, ma sœur? interrogea Wasilika. La Sibérie a donc tant d'attraits à vos yeux, que vous ne puissiez la quitter?

La bohémienne secoua lentement sa jolie tête.

— Qu'irions-nous faire dans cette France que nous ne connaissons pas? dit-elle. Trouverons-nous là les mêmes avantages qu'ici, de l'air, du soleil, la liberté enfin!... Nous ne connaissons aucun travail, nous autres; nous sommes des bohémiens habitués à courir du matin au soir! la tente est notre seule maison, et il faut à nos poumons l'air libre des plaines et des montagnes, à nos yeux des horizons sans fin. Je connais mon père, mon frère; ils ne consentiront jamais à résigner leur liberté, à vivre dans vos grandes maisons de pierre...

— Ce sera un triste jour que celui de la séparation.

— Oui, un jour bien cruel! murmura Stephania. Mais ne crains rien, ma sœur, ajouta-t-elle avec un triste sourire, je ne t'oublierai jamais; je n'ai pas eu le temps de te connaître beaucoup; mais j'ai eu tout celui de t'aimer.

— A quoi bon parler d'une séparation si lointaine? intervint Bolsko. L'avenir est à Dieu. Nous ne songeons qu'à poursuivre notre tâche, à réussir...

— Si nous réussissons! interrompit Alexis.

— Pourquoi douter, frère? Le plus difficile est fait. En Sibérie on poursuit rarement un évadé. Une évasion est si périlleuse, que neuf fois sur dix le prisonnier revient prendre sa chaîne... s'il ne revient pas, c'est qu'il a péri... Mais tous les évadés ne sont pas dans la même position que toi; tu n'es pas seul, tu as des amis dévoués... D'ailleurs, l'avance que tu as sur tes poursuivants doit te rassurer; tandis qu'on te cherchera sur les frontières de la Mongolie, tu auras tout le temps d'être loin.

— Tu as raison frère!

Un coup de feu interrompit cette conversation, puis un deuxième retentit encore. Bolsko et Alexis se regardèrent effrayés; mais ils se rassurèrent bientôt en constatant l'absence d'Andreanow et des deux enfants.

Quelques minutes après, ils apparaissaient tous trois. Sur ses robustes épaules le jeune bohémien portait un cerf au pelage d'un brun fauve, au bois à peine accusé. Il le jeta sur le sol aux pieds de son père.

— Un beau coup de fusil! dit Bolska en souriant.

— C'est moi qui l'ai tué! s'écria Dimitri en brandissant d'un air conquérant la petite carabine qu'Andreanow lui avait confiée. Nous avions aperçu plusieurs de ces bêtes s'abreuvant dans une mare; rampant sur nos mains et nos genoux, nous nous en sommes approchés à bonne portée. « Tire! me dit Andreanow. A toi celui-ci, à moi l'autre!... » J'ai tiré le premier, lui le second, et, c'est celui que j'ai visé qui est tombé...

— C'est vrai, appuya Andreanow en clignant de l'œil, il l'a tué!... Il parait, ajouta-t-il avec un sourire qui découvrit ses dents blanches et aiguës, que ma balle s'est perdue...

Après le double récit de cet unique exploit, récit dont personne ne fut dupe, excepté le jeune Nemrod, le corps du cerf fut jeté dans la charrette, et la route se continua.

Vers le soir on atteignit les rives de la Léna, où se voyaient quelques huttes élevées par des Toungouses pêcheurs. Après une journée si bien employée, les fugitifs étaient brisés de fatigue; aussi acceptèrent-ils avec reconnaissance, l'offre que leur fit le doyen des pêcheurs, un vieillard sexagénaire, mais plein de feu et de vigueur encore, malgré sa barbe et ses cheveux blanchis, qui le faisaient ressembler à un patriarche, de leur céder une hutte pour la nuit.

Le cerf, si merveilleusement *atteint* par Dimitri, fut dépecé, et, accompagné de poissons qu'on jeta vivants dans la marmite, servit de base au festin que partagea la horde de pêcheurs.

Le temps était beau; le ciel fourmillait d'étoiles radieuses, semées comme des diamants dans l'azur profond; et, si la lune, encore nouvelle, ne fit que paraître et disparaître, leurs mille rayonnements, se brisant sur le manteau uni des eaux, suffisaient pour éclairer le paysage de lueurs molles et mystérieuses.

Aux pieds des fugitifs le fleuve coulait, paisible, sans grondement, sans rugissement, entre deux rives basses et en partie inondées, où croissaient des roseaux, des saules blancs ou noirs que la brise agitait avec un murmure harmonieux.

— La belle nuit! fit Wasilika.

— Tu as raison, répondit Alexis, c'est une belle nuit, une nuit de liberté!

A quelques pas de là, nonchalamment assise sur le sol, Stephania chantait d'une voix chaude et vibrante une vieille chanson des steppes qui avait bercé son enfance, et chacun se taisait pour écouter.

* * *

Pendant que ceci se passait, Grégory-Michaëlanoff, à qui la haine, peut-être aussi le désir de regagner sa liberté, donnait des ailes, brûlait la fausse piste avec un courage, une tenacité digne d'une meilleure cause.

Monté sur un petit cheval velu comme un ourson, le bonnet de fourrure enfoncé sur le front, il tenait la tête de la petite troupe, éperonnant sans cesse sa monture, ne s'arrêtant que pour cingler de grands coups de fouet le visage des hommes, trop lents à son gré.

Ceux-ci, le pistolet passé dans la ceinture, la longue lance suspendue sur le dos, suivaient avec peine.

Après une nuit d'un galop incessant, ils virent le soleil se lever sur le Baïkal.

Le lac était entièrement congelé quoique le printemps régnât déjà dans la plaine. C'est que le Baïkal, paresseux en tout, est le dernier à se prendre et le dernier à la débâcle. L'œil était blessé par les mille rayons rouges, violacés, oranges que cette immense surface renvoyait en un prisme éblouissant. La congélation en emprisonnant les flots, ne leur avait pas donné partout une surface plane, égale; si, ici, le champ de glace se déroulait à perte de vue comme un gigantesque miroir, là, des *hummocks*, élévations produites par la pression des glaces; ailleurs des banquises en miniatures, affectant les formes les plus variées, s'incendiant de reflets enflammés reposaient agréablement le regard.

Quelques traîneaux glissaient sur la lisière du lac, mais sans oser le traverser.

Grégory était pensif; la prudence lui conseillait de contourner le lac; mais c'était une perte de temps et la prudence ne fut pas écoutée.

— Nous allons traverser la *mer* (1) Baïkal! dit-il à ses hommes.

— Y songes-tu? s'écria Ivan-Wasiliwitch, ce geôlier des mines que Grégory s'était adjoint comme lieutenant. La glace se désagrégé déjà : elle est pleine de trous et de fissures...

— Allons donc? Qu'on se procure des traîneaux.

(1) Jamais un Sibérien n'appelle le lac Baïkal autrement que la *mer;* s'il ne le faisait pas, ce serait une marque de mépris dont le lac se vengerait en submergeant son canot, en été, en s'ouvrant pour engloutir son traîneau en hiver.

La chose ne fut pas difficile. Service du czar!... et les propriétaires de traîneaux qui eussent murmuré dans toute autre circonstance, cédèrent sans remontrance, puisqu'il s'agissait de remplir les ordres de leur père et souverain.

Le respect du peuple russe pour son souverain est poussé jusqu'au fétichisme. Néanmoins ce ne fut pas sans inquiétude que les *Istvochiks* des deux traîneaux, transportant Grégory et sa bande, s'apprêtèrent pour la traversée.

Chaque traîneau était attelé en *troïka*; un énorme arceau de bois, chargé de sonnettes et supportant les guides, séparait le cheval du milieu des trotteurs de gauche et de droite. Enfin, les *istvochiks* rassemblèrent les rênes et fouettèrent leurs bêtes qui partirent à fond de train.

Le passage continu des traîneaux, en nivelant la glace avait tracé une large route qu'il suffisait de suivre pour éviter toute erreur. Un novice aurait frémi en se sentant emporté plus vite que le vent sur cette couche de glace, d'une épaisseur problématique, qui le séparait seul des flots noirs et profonds qu'on entendait se plaindre, gémir, comme si, eux aussi, ils avaient soif de délivrance. Aguerris par l'habitude, les Russes n'y songeaient seulement pas.

Par bonheur, la glace était assez résistante, et la traversée s'effectua sans encombre.

Grégory et ses hommes, en vrais moscovites qu'ils étaient, avaient dormi tout le temps, et, en arrivant au village de Slernaïa, se sentaient complètement remis des fatigues d'une nuit d'équitation.

— Des chevaux! demanda Grégory en pénétrant dans la salle commune de la maison de poste.

En même temps il exhiba au maître de poste sa *padarojnaïa* (1).

(1) Ordre pour faire délivrer des chevaux dans tous les relais de poste.

— Tout de suite, petit père ! répondit le fonctionnaire.

Une heure après, reconforté par un solide repas, il était en selle et galopait sur la route de Kiachta, dont deux ou trois villages le séparaient.

La route était animée. Partout on ne voyait que voitures de négociants moscovites arrivant avec des soieries, des thés, des parfums; montés sur leurs chameaux, graves, impassibles, les Mongols au costume pittoresque, aux armes étincelantes se suivaient à la file, mêlés parfois aux habitants du céleste empire, ceux-ci affairés, la calotte posée en arrière, la queue frétillante, leurs longues robes de soie éclatante souillées par la boue des chemins.

C'est que la route de Kiachta est la grande artère par laquelle chaque année, les deux peuples mercantiles se ruent l'un chez l'autre.

Grégory, lui, était insensible à ce spectacle. Son esprit surmené, hanté par une idée fixe, lui faisait déjà apercevoir le but. Il ne sortait de sa rêverie que pour apostropher ses hommes.

— Plus vite, chiens ! brutes ! criait-il en frappant du manche ou de la lanière de son fouet le visage des retardataires.

Depuis le fameux *ukase* d'affranchissement, tous les sujets du czar sont censés libres, et il est défendu, sous peine d'amende, de frapper un homme libre. Mais la main est si près du fouet, et le czar si loin...

— Si notre *père* savait ! disent les battus.

Et cela les console.

— Inutile de m'informer, pensait Grégory. Alexis est fin, il aura pris des chemins détournés. Mais à la frontière, je saurai.

Le sol s'exhauçait à mesure qu'on approchait, annonçant le voisinage des monts Altaï qui servent de frontière à la

Mongolie et à la Sibérie. Les postes de Cosaques, éparpillés d'abord, se groupaient maintenant, trouant de leurs toits pointus la végétation des collines.

Enfin on arriva à Kiachta, bourgade qui, dans un avenir prochain deviendra un grand centre. Le village groupe ses maisons au sommet d'une éminence; on l'aperçoit d'abord, puis deux poteaux, laids comme des bûches, qui n'ont l'air de rien, et qui pourtant parlent éloquemment : c'est une ligne de démarcation...

Ici les possessions du czar, là celles des Fils du ciel. Que l'un de ces poteaux soit renversé par l'un des peuples, et une guerre sanglante s'en suivra.

Grégory s'en fut tout droit compter son affaire aux autorités de Kiachta; mais aucun étranger suspect, aucune femme surtout n'avait passé la frontière.

— Je suis en avance! pensa le misérable en se frottant les mains. Oh! quelle joie pour moi de pouvoir démasquer ce chien, de lui mettre la main sur l'épaule au moment où il se croira sauvé, de lui dire : « Je te tiens! »

Plein de ces riantes idées, il s'installa à Kiachta et envoya Ivan-Wasiliwitch à Maïmatchin, ville chinoise qui confine presqu'à la ville russe. Tous deux attendaient, questionnant les allants et venants; mais les réponses étaient toujours négatives : sur la route du Baïkal, pas plus que dans le désert de Gobi, on avait aperçu les fugitifs.

— Qui peut les retarder ainsi? se demanda l'espion. Auraient-ils passé la frontière sur un autre point? Non! c'est impossible. Attendons...

Il attendit un jour, deux jours, trois jours. Rien encore! Alors, il jura, blasphéma, tempêta, puis une grande clarté se fit dans son esprit.

— La route du nord!... s'écria-t-il, la route du nord!... Fou de ne pas y avoir songé...

Et rassemblant précipitamment et à grands coups de fouet ses huit hommes, il leur donna l'ordre de seller les chevaux.

Puis, prenant congé du gouverneur de Kiachta, il s'élança en selle.

— En route! commanda-t-il à ses hommes; et que personne ne reste en arrière, ou, à celui-là, je me charge de lui découper la peau en lanières aussi minces que celles de mon fouet.

Il n'y avait pas à répliquer à cet ordre. Les cavaliers pressèrent leurs montures, et, bientôt, la petite troupe disparut dans un tourbillon de poussière.

VI

Où Grégory triomphe.

De longs jours se sont écoulés encore. Puisant dans la sécurité qui semblait les environner, une puissance et une énergie nouvelles, nos amis, suivant toujours autant que possible le cours de la Léna, avaient traversé de longues steppes, des plaines livrées à une culture intelligente, de grands et beaux villages, aux hautes isbas de bois, entourés de solides estacades de pieux; ils avaient passé de nombreux affluents du fleuve, dans de grandes barques plates et manœuvrées par des bateliers à demi-nus.

A cette époque de l'année, et les fugitifs s'en applaudissaient encore, les villages étaient pour ainsi dire abandonnés; les chasseurs couraient les plaines, les forêts du nord, à la poursuite du gibier : ours, loups, cerfs, sangliers, ou encore des animaux à fourrure, renards bleus, martres, zibelines, écureuils; les pêcheurs sillonnaient les cours d'eaux dans leurs canots étroits et de forme bizarre, les paysans étaient aux champs.

Seuls les femmes, les vieillards, les enfants gardaient les isbas.

Le commerce d'ailleurs, les mines d'or dépeuplaient aussi le pays. On rencontrait souvent des groupes de travailleurs, gais, remplis d'espérances, se rendant aux mines d'or, situées dans les environs d'Irkoutsk, sur la rive droite de la Léna. D'autrefois c'étaient les troupes de Samoyèdes avec leurs chiens maigres, faméliques, leurs rennes qui descendaient au sud. Tous étaient vêtus de peaux de rennes ou de veaux marins, parfumés à l'huile de baleine; les femmes, semblables aux hommes par le costume, et aussi sales qu'eux, portaient leurs marmots dans le capuchon de leurs grandes blouses.

C'étaient encore des colporteurs juifs dans leurs *télégas* pourries, que traînaient des chevaux si parcimonieusement nourris, qu'on pouvait compter leurs côtes sous leur peau pelée; des déportés venant de Tobolsk et se dirigeant vers le Kamtchatka, les uns en voiture, conduits par des officiers russes; les autres à pied, les fers aux mains, menés à grands coups de fouet par des Cosaques.

Le temps était magnifique. Partout sous la chaleur bienfaisante du soleil, les neiges se fondaient; et les rivières et les ruisseaux, débarrassés de glace, coulaient avec un doux murmure entre leurs rives ombragées de roseaux et de saules tremblants. L'atmosphère était d'une pureté admirable; dans le ciel bleu, sans une tache, sans un nuage, passaient des vols innombrables d'oiseaux de toutes les familles; la steppe était pleine de cris, de bourdonnements d'insectes.

Dans les forêts, les arbres avaient tous leurs jeunes pousses; des nids se balançaient à toutes les branches.

— Oh! la belle nature! disait Alexis sans cesse. Comme le cœur bat, comme l'intelligence s'élargit en face de tant de merveilles. Assister au réveil de la création, après être resté plus d'un an enseveli sous terre, c'est tout comprendre, tout aimer! J'ai peur parfois que tout cela ne soit pas réel, peur de faire un beau rêve qui se dissipera bientôt pour faire place à l'implacable réalité.

Alors Wasilika lui pressait les mains en souriant doucement.

— Nous sommes-là, nous t'aimons, disait-elle, tu vois bien que tu ne rêves pas...

Les rives de la Léna sont peu habitées. Cela se comprend facilement, la population de la Sibérie, très-faible en raison de son immense étendue, est presque toute nomade; le reste se groupe dans les villes et les villages importants, surtout dans le sud et l'ouest; le nord et l'est sont pour ainsi dire abandonnés.

Cela changera sans doute dans un avenir prochain, grâce aux admirables travaux du professeur Nordenskiold, le voyageur qui a le plus complètement étudié les côtes nord de la Sibérie et découvert ce fameux passage du nord-est, si systématiquement nié, qui fait communiquer le vieux monde avec le nouveau.

L'Obi, l'Ienissei, la Léna, ces routes fluviales destinées à amener à la mer les produits des districts les plus reculés de l'Asie, verront alors s'élever sur leurs rives des centres de transactions importants; les courtiers, les négociants, les marins s'y fixeront, et de ce bouleversement jailliront progrès et prospérité.

Pour que ces beaux projets se réalisent, il ne faut qu'une chose, que le passage cherché avec tant de persévérance et découvert avec tant de bonheur, soit praticable seulement quelques mois de l'année; or, rien ne fait supposer qu'il en soit autrement.

Honneur donc au professeur Nordenskiold, au capitaine et au vaillant équipage de la *Véga*, qui l'ont si noblement secondé pendant son admirable campagne!...

Ceci nous a fait oublier nos héros. Hâtons-nous donc de les rejoindre au sommet d'une éminence boisée, dominant un petit cours d'eau, large de quelques mètres à peine, qui, se creusant un passage à travers les masses granitiques, courait impétueusement s'épancher dans la Léna.

On était en mai; le soleil, à son zénith, versait sur la campagne ses rayons embrasés; il faisait une chaleur étouffante, rendue plus vive encore par l'absence de toute brise.

Les arbres immobiles étendaient tristement leurs rameaux desséchés; pas un battement d'aile dans les cieux immenses, pas un cri sous bois; les oiseaux s'étaient refugiés sous la feuillée, les animaux dans leurs retraites impénétrables; seuls, les insectes bruissaient dans l'herbe épaisse.

Les fugitifs; la sueur au front, venaient d'atteindre le faîte des collines par des chemins rocailleux, escarpés, où les chevaux butaient à chaque pas.

— Il est impossible de continuer notre route par une chaleur pareille, dit Bolsko. Arrêtons-nous quelques heures. Les chevaux, d'ailleurs, ont bien gagné ce repos.

Comme les rameaux des arbres répandaient sur la colline une ombre délicieuse de fraîcheur, la tente ne fut pas dressée; on se contenta de dételer les chevaux, qui, l'entrave aux pieds, furent laissés libres de brouter l'herbe épaisse et savoureuse.

— Occupons-nous du repas, maintenant! continua Bolsko.

Ce ne fut pas long encore. Le gazon servit de nappe, Stephania apporta un pain noir et rond, du poisson séché, du bœuf mariné dans du sucre et du vinaigre, quelques morceaux de ce saucisson de veau et de cheval particulier à la Russie, et le repas commença gaiement, arrosé de kwas.

Aux pieds des fugitifs s'ouvrait une tranchée large et béante, aux murailles taillées à pic, et au fond de laquelle coulait, comme une écharpe de cristal, les flots limpides de la petite rivière.

Après le frugal repas, Andreanow et Ismaëloff, la hache sur l'épaule, s'éloignèrent en chantant, afin de couper dans le bois quelques troncs de sapin pour consolider les brancards de la charrette. Yegor et Dimitri, perdus dans l'herbe touffue, dormaient comme on dort à cet âge ; Bolsko et Alexis causaient à voix basse.

Penchées sur l'extrême bord du ravin, les deux femmes regardaient couler le flot.

Ismaël, comme toujours, faisait bonne garde.

— Regarde comme l'eau est pure! dit tout à coup Stephania. Comme on serait bien au bord de cette rivière, les pieds dans l'eau, la tête protégée par l'ombrage de ces saules chevelus...

— Malheureusement, pour y parvenir, il faudrait un chemin, et ce chemin n'existe pas, observa Wasilika.

— On en trouve, répondit la Tzigane en haussant les épaules. Tiens, une corde attachée à cet arbre et courant le long de la falaise, il n'en faut pas davantage.

— Folle!

— C'est vrai, je parle comme une petite sauvage... que je suis! ajouta-t-elle avec un sourire.

En ce moment un rauque grognement d'Ismaël, interrompit la conversation. Le gardien vigilant s'était dressé sur ses pattes de derrière, en face du sentier par où les fugitifs était venus.

— Que se passe-t-il? s'écria Bolsko en saisissant sa carabine.

— Un ours peut-être? dit Alexis.

— Non, Ismaël n'aurait pas grogné, et, loin de signaler le danger, se serait enfui. Les fauves apprivoisés tremblent devant leurs congénères libres.

— Qu'est-ce donc?

— Nous allons le savoir. Voici Andreanow.

Le jeune homme accourait sa hache à la main. Sa figure, ordinairement si placide, était pâle et bouleversée. Les deux hommes pressentirent un danger.

— Père, dit-il d'une voix haletante, nous sommes poursuivis. Une troupe d'hommes armés s'avance au pied de cette montagne. Ce sont des Cosaques

— Combien sont-ils?

— J'en ai compté neuf.

— Neuf! s'écria Bolsko en se redressant; la partie est égale alors. Nous sommes ici quatre hommes résolus et armés; avant qu'ils arrivent à nous, nous en aurons descendus quatre. Reste cinq! Un pour chacun de nous, le dernier pour Ismaël...

Il dit cela d'une voix assurée.

— Non, exclama Alexis, pas de sang, pas de meurtre!... Nous sommes avertis... fuyons!...

Craintives, les deux femmes s'étaient précipitées près de leurs protecteurs.

— Oui, dit Wasilika en joignant les mains, fuyons!...

— Vous le voulez... mais comment fuir? Cette gorge nous barre tout chemin...

— Jetons un arbre en travers du ravin.

Les haches brillèrent dans les mains de Bolsko et d'Andreanow; mais elles ne s'abattirent pas.

Ismaëloff venait d'arriver.

— Un pont!... dit-il. Il existe un pont à moins d'une verste!

— Et les poursuivants?

— Ils montent. Hâtons-nous. Avant une heure, ils seront ici!...

En effet, les hommes signalés montaient le sentier serpentant au milieu des rochers. Leurs chevaux piaffaient, se cabraient, refusant d'avancer. Alors, ils mirent pied à terre et continuèrent leur difficile ascension.

Soudain, Wasilika poussa un cri terrible et se renversa en arrière. Dans l'homme qui tenait la tête de la troupe, elle avait reconnu son ennemi irréconciliable.

— Grégory-Michaëlanoff! s'écria-t-elle. Ah! nous sommes perdus...

— Non, répondit le bohémien qui la soutint dans ses bras, nous leur échapperons.

Il ne fallait pas songer à atteler la charrette. On jeta sur la croupe des chevaux les quelques objets qu'elle contenait; Stephania s'empara de la valise, contenant la fortune des fugitifs, Andreanow et Ismaëloff, prirent chacun un enfant dans leurs bras, et on se mit en devoir de gagner le pont du ravin.

— Hâtons-nous! cria Andreanow; les voilà.

On doubla le pas. A une centaine de mètres plus loin, une sorte de sentier, masqué par un des angles de la falaise, descendait le long des rochers et aboutissait à un plateau ombragé de sapins.

Quatre troncs à peine équarris, partaient de ce plateau pour rejoindre la rive opposée. C'était le pont. Des rampes légères couraient des deux côtés, précaution utile, car le plateau surplombait la rivière d'une cinquantaine de mètres au moins.

Bolsko, soutenant Wasilika d'une main et tenant de l'autre la chaîne d'Ismaël, qu'il fallait contenir, marchait d'abord; puis venaient Alexis et Stephania; Andreanow et Ismaëloff, chargés des enfants, fermaient la marche.

On atteignit enfin la tête du pont. Quelques minutes après, les fugitifs étaient en sûreté sur l'autre rive.

— Aux haches! s'écria Bolsko. Détruisons ce pont et fermons le passage aux ennemis.

Un coup de feu lui répondit.

Seul de tous les fugitifs, Ismaëloff n'avait pu atteindre le pont; il y arrivait quand une balle de pistolet le jeta sanglant sur le sol.

Dimitri, qu'il tenait dans ses bras, alla rouler plus loin.

Grégory et ses hommes débouchaient sur le plateau. Le misérable triomphait. Repoussant brusquement Ismaëloff qui, tout blessé qu'il était, voulait s'opposer à son projet, il enleva l'enfant dans ses bras.

— Mon fils!... s'écria Wasilika avec un accent déchirant.

Grégory avait armé son pistolet, et, appuyant le canon sur le front de l'enfant :

— Alexis, dit-il d'une voix rauque, rends-toi, ou, j'en jure le ciel, je brûle la cervelle à ce fils de louve!...

— Mère! cria Dimitri.

— Mon fils! répéta Wasilika.

Et, rugissant comme un fauve blessé, elle bondit en avant et se précipita sur l'espion pour lui arracher son enfant.

— J'en tiens deux! fit Grégory; à toi, Alexis.

Pâle, mais résolu, Alexis, à son tour s'engagea sur le pont.

— Que vas-tu faire? protesta le Tzigane en essayant de l'arrêter.

— Mon devoir! Adieu, frère; adieu et merci! nous nous reverrons là-Haut...

— Nous ne t'abandonnerons pas.

Ensemble ils traversèrent le pont, ensemble ils se présentèrent devant le misérable espion.

— Qu'on le garrotte! ordonna Grégory froidement.

Alexis n'essaya pas de protester; mais, désignant du regard Wasilika et ses enfants, il reprit :

— Je me suis évadé, tu m'arrêtes c'est justice! Mais cette femme, ces enfants, ils ne sont pas condamnés eux... ils sont libres...

— Cette femme appartient à la justice; nous verrons ce qu'elle décidera à son égard.

Et le regardant fixement.

— Sais-tu ce que je viens de gagner Alexis Alexandrewitch! dit-il.

— Une infamie de plus Grégory Michaëlanoff... Heureusement que tu n'en es plus à les compter... fit Alexis avec mépris.

— Ma liberté! dit-il avec un éclat de rire strident, sauvage.

Et repoussant les prisonniers que les Cosaques entourèrent bientôt d'un cercle menaçant, il donna l'ordre du départ.

Les bohémiens n'avaient pas bougé.

— Arrière, corbeaux! leur cria Grégory. Que je ne vous retrouve plus sur mon chemin, si vous n'avez pas envie de faire connaissance avec le knout!...

Le regard sombre, les bras croisés sur sa large poitrine, le bohémien les regardait s'éloigner. Oh! combien il regrettait de ne pas avoir suivi son premier mouvement, de ne pas avoir engagé la lutte alors que tous les avantages étaient pour lui! Maintenant il était trop tard; ils n'étaient plus que deux contre neuf.

Wasilika, accroupie sur le sol, la tête ensevelie entre ses deux mains pleurait amèrement; Andreanow, sombre, la main serrant convulsivement la crosse de sa carabine, n'attendait qu'un regard de son père pour commencer la lutte.

— Perdus! s'écria douloureusement Stephania; perdus!...

Alors Bolsko se redressa.

— Non, dit-il d'une voix sourde; non, car je n'ai pas abandonné la partie. Le misérable est fort; mais j'ai pour moi le droit, la justice. Dieu, enfin, je réussirai...

— Que veux-tu dire, père?...

— Occupons-nous d'abord d'Ismaëloff; peut-être vit-il encore.

Et, se penchant sur le corps du malheureux, il défit ses vêtements et regarda.

La balle avait atteint le bohémien à l'épaule; mais, soit que la charge de poudre ne fut pas suffisante, soit à cause de l'éloignement, elle s'était arrêtée sur l'omoplate. Il fut facile à Bolsko de l'extraire. Comme tous les nomades, il avait quelques notions de médecine et de chirurgie pratiques. Lavant soigneusement la plaie avec de l'eau fraîche, il la laissa abondamment saigner; puis, la recouvrit d'un bandage qu'il imbiba de quelques gouttes d'une liqueur contenue dans un flacon de cristal qui ne le quittait jamais.

Immédiatement soulagé, Ismaëloff ouvrit les yeux et se redressa à demi.

— Eux?

Tel fut son premier cri.

Bolsko hocha la tête sans répondre.

— Les infâmes! Qu'importe, nous les sauverons! Ils ont gagné la première manche, à nous la deuxième!...

— Peux-tu marcher?

— Oui, répondit Ismaëloff qui se redressa avec une énergie farouche. La balle m'a frappé par derrière. Foudroyé par cette douleur atroce, je me suis abattu... J'ai voulu défendre le petit; mais en vain, mes forces me quittaient... Je suis fort maintenant... Oh! ne crains rien, je ne faiblirai pas... la haine me soutiendra; je veux me venger...

Et il ajouta avec un rictus amer :

— Cet homme ne périra que de ma main.

Sur un signe de son père, Andreanow avait rassemblé les chevaux. On revint dans le petit bois où la charrette avait été abandonnée, car, il la fallait pour transporter le blessé. Un quart d'heure après, mornes, silencieux, les bohémiens traversaient de nouveau le pont.

— Quelle direction prenons-nous? demanda alors Andreanow.

— La route d'Iakoutsk.

— C'est nous éloigner de nos amis.

— C'est nous en rapprocher au contraire. Comprends bien ceci : Grégory Michaëlanoff ne peut, avec une femme, des enfants, entreprendre à cheval une route aussi effroyable que celle qu'il vient de faire. Il lui faudra une voiture, un supplément d'escorte peut-être. Or, où trouvera-t-il tout cela? A Iakoutsk seul. Cette ville n'est guère éloignée de plus d'une trentaine de verstes; rendons-nous à Iakoutsk.

— Tu as raison, père.

Au même instant Stephania s'arrêtait.

— Et cette valise? dit-elle en montrant la petite sacoche de cuir qu'elle portait en bandoulière; elle leur appartient.

Bolsko s'en empara. C'était une petite valise de cuir noir à fermoir de cuivre. Il essaya de l'ouvrir; elle était fermée à clef. Les bohémiens n'ont pas de nos scrupules exagérés parfois; il avait besoin de savoir ce qu'elle contenait, et le meilleur moyen de s'en assurer était de la forcer. Introduisant donc la lame de son couteau dans le fermoir, il fit sauter la serrure.

La valise contenait environ douze ou quatorze mille roubles argent et papier, toute la fortune d'Alexis.

Brusquement, il y plongea sa main qu'il retira pleine de pièces brillantes, de chiffons soyeux.

— Dieu soit loué! s'écria-t-il d'une voix émue: il ne me

manquait qu'une chose peut-être pour réussir, de l'or, et voilà que j'en ai!... Je réponds de tout, maintenant, ils seront sauvés!...

* * *

Bolsko ne s'était pas trompé, c'était bien à Iakoutsk que Grégory conduisait ses prisonniers. Le misérable espion ne se sentait pas en force; c'était pour cela, et non par clémence, qu'il avait laissé le Tzigane et ses enfants, mais tout en se promettant bien de les retrouver un jour.

Et comme Ivan-Wasiliwitch s'étonnait de lui voir prendre cette direction.

— Imbécile! lui dit-il, tu ne comprendras donc jamais rien? Nous n'avons pas de chevaux disponibles, et, en eussions-nous, voudrais-tu que nous imposions à cette femme, à ces enfants une chevauchée de plusieurs centaines de lieues à travers les steppes et les montagnes? Ce serait les tuer, et il importe que je les ramène vivants. A Iakoutsk, nous achèterons une *tarentasse*, nous demanderons des hommes au général-gouverneur, nous nous reposerons quelques jours enfin.

— Oui, appuya Ivan, nous avons bien gagné cela. Mais ne crains-tu pas le bohémien?

— Que peut-il livré à lui-même? C'est une brute qu'Alexis dirigeait à sa guise, pétrissait comme une cire molle. Abandonné à sa seule initiative, cet homme ne pourra rien.

— Tu as raison, fit Ivan que les succès de son chef de file grandissaient de cent coudées à ses yeux, c'est une brute, rien qu'une brute.

Et la route se continua silencieusement. Les prisonniers, les mains liées marchaient au milieu des Cosaques. Deux de ceux-ci avaient pris les enfants en croupe; Wasilika leur adressa un triste sourire qui était un remerciement.

En tête du détachement caracolait Grégory plus fier, plus triomphant qu'un empereur romain. Si les pensées des prisonniers étaient sombres, celles de l'espion revêtaient les plus riantes couleurs. Il se voyait libre, riche, exerçant encore ses honorables fonctions à Moscou où à Saint-Pétersbourg; car, si ces deux villes sont fermées aux condamnés graciés, aux patriotes Polonais, tout espion, revînt-il des mines, est sûr d'y être bien accueilli.

Wasilika et Alexis, eux, se disaient tristement que tous leurs rêves d'espérance et de liberté étaient détruits à jamais, et cela par la faute de cet homme qu'il leur eût été si facile d'écraser tant de fois; de cet homme de qui leur venait tout malheur. Leurs regards, ardemment fixés sur le ciel, semblaient demander à Dieu la délivrance, c'est-à-dire la mort...

Les enfants pleuraient.

VII

Ce qui se passe à Iakoutsk et dans les environs

Le lendemain Bolsko et les siens pénétraient dans Iakoutsk.

Cette ville, bâtie dans une plaine entourée d'épaisses forêts, sur la rive gauche de la Léna, est une des plus importantes de la région et donne son nom à un gouvernement. Elle est fortifiée, comme toutes les places sibériennes, et se divise en haute et basse ville. Les rues sont étroites et bordées de maisons de bois, aux toitures surplombantes, aux petites fenêtres garnies de vitres rondes et épaisses. Quelques monuments : la chancellerie, la cathédrale, les églises aux dômes, aux clochetons dorés, le couvent de Saint-Innocent, la prison enfin attirent plus particulièrement les regards.

Iakoutsk est un des grands centres de déportation; sa population presque entière se compose d'exilés pour politique, laissés libres en apparence, mais toujours rigoureusement surveillés par la police; le reste des habitants, à part les officiers, les soldats, les policiers, les prêtres, les moines, est pour ainsi dire nomade.

C'est un coup d'œil étrange que, sur les places irrégulières, bordées de maisons croulantes, dans les rues étroites, au sol toujours boueux, ce mélange de tant de peuples différents, Iakoutes au teint cuivré, aux longs cheveux noirs et plats flottants sur leurs épaules, Kamtchadales à la face plate, au nez épaté, à la bouche largement fendue, empaquetés dans autant de vêtements de fourrures qu'ils en peuvent porter, fourrures d'ours blancs, de rennes, de veaux marins, le tout agrémenté de chiffons voyants; Toungouses, Koriaks, Samoyèdes, etc...

Tous ces peuples, sauf quelques rares exceptions, sont idolâtres ou plutôt n'ont pas de religion, car on ne saurait donner ce nom aux quelques pratiques burlesques et superstitieuses qui ont généralement pour but de s'assurer une bonne saison de pêche ou de chasse. La seule autorité qui leur en impose est celle des sorciers et des sorcières, tout puissants parmi eux.

Placé sur la route du Kamtchatka, Iakoutsk voit défiler dans ses rues, pendant la belle saison, toute une procession de marchands, de fonctionnaires, de soldats, de prisonniers politiques se rendant à leurs résidences, et auxquels se mêlent comme toujours, un grand nombre de colporteurs juifs.

Mais la belle saison dure peu à Iakoutsk : c'est la ville sibérienne où l'hiver sévit avec la rigueur la plus terrible. Pendant de longs mois tout travail, toute transaction sont suspendus. Les habitants pauvres, renfermés dans leurs isbas, soigneusement fermées et calfeutrées, y vivent à la façon des marmottes; les riches donnent des dîners, des bals, des fêtes; mais si nombreux, si variés que soient ces plaisirs, ils sont encore impuissants à combattre l'ennui qui s'empare de tous.

Quelques heures après l'arrivée du Tzigane, une troupe de

Cosaques, escortant deux prisonniers, faisait aussi son entrée dans Iakoutsk. On a sans doute reconnu Grégory Michaëlonoff. C'était lui en effet. A peine arrivé, il fit écrouer ses prisonniers à la prison, et se rendit chez le général-gouverneur pour lui rendre compte de sa mission.

Quand il sortit, sa face de Kalmouck rayonnait d'une satisfaction haineuse.

Ivan-Wasiliwitch l'attendait au dehors.

— Eh bien? lui dit-il.

— Tout marche à souhait, Ivan-Wasiliwitch, répondit l'espion en se frottant les mains. Le général-gouverneur m'a reçu comme un ambassadeur. Il est furieux contre Alexis Rouvanoff, et voulait le faire passer sous la plète. Cela se comprend, lui, chargé de surveiller tant de prisonniers politiques, se trouverait à une belle fête, si tous ses pensionnaires forcés imitaient cet exemple.

— Et nous partons?

— Dans huit jours, animal. Thadée Mechiskow sera prévenu par un exprès de notre triomphe. Le gouverneur m'a promis douze hommes et une *tarentasse*.

— Et, d'ici-là, on peut boire? interrogea Ivan.

— Oui, à sa soif. Mais qu'on ne se saoule pas, ou gare le fouet. Tu es prévenu, ivrogne...

— C'est bon, petit père!

Les deux hommes descendirent la rue, causant tout haut, exaltant leur succès. Ils ne se sentaient pas surveillés; pourtant un Samoyède, à la grande blouse de peau de renne, serrée à la taille, un capuchon de même étoffe rabattu sur les yeux, les pieds chaussés de lourdes bottes de veau marin, les suivait pas à pas, marchant quand ils marchaient, s'arrêtant quand ils s'arrêtaient, écoutant leur conversation. Quand le mystérieux personnage jugea qu'il en avait assez appris, c'est-à-dire quand il vit Grégory et son digne lieutenant pénétrer dans une auberge, sale, enfumée, où des Kalmoucks et des Cosaques faisaient tapage en s'enivrant de vodki, il s'engagea brusquement dans une ruelle sombre en murmurant :

— Tout va bien !

Après quelques minutes de marche dans cette ruelle fétide, aux constructions tellement rapprochées qu'elles laissaient à peine filtrer un rayon de soleil, qui incendiait les vitres rondes des petites fenêtres historiées de guenilles multicolores, qui se réfléchissait sur les rampes luisantes de crasse des escaliers extérieurs, où, de même que sur le sol boueux, fourmillait tout un peuple de chiens, d'enfants à demi-nus, de vieilles matrones, d'hommes sales avec leurs barbes négligées, leurs cheveux vierges peut-être des mordantes caresses du peigne, vêtus de cafetans crasseux, sentant le suif à plein nez, il se trouva au centre d'une grande place.

Une des isbas qui la bordaient se faisait remarquer par la forme bizarre de son toit pointu, l'ampleur démesurée de sa façade où pendaient pêle-mêle des dépouilles de renards bleus, d'isatis, de martres, de zibelines, avec des fourrures plus communes, loups, astrakans. Une enseigne géante sur laquelle se lisaient ces mots : BORIS LITVANIEFF, fourreur, indiquait aux passants la profession de son propriétaire.

Le Samoyède entra, et, traversant délibérément la première pièce tout encombrée de pelleteries, soigneusement roulées le poil en dedans, pénétra dans une deuxième pièce d'où partaient des éclats de rire, des cris joyeux.

Quand il fit son entrée, la table était mise; le *tschi*, ce potage national fait de gruau et de choux fermentés, fumait dans une grande soupière. Du sommet des brocs débordait en moussant le kwass aigre; un pain noir et dur, du poisson grillé et l'inévitable bœuf mariné complétaient l'ordonnance du repas.

L'ameublement de cette chambre était des plus simples; dans un coin un énorme poêle en maçonnerie qui, l'hiver, devait changer la pièce en une étuve véritable, une table entourée de bancs, deux ou trois coffres; dans une niche, une image de saint Nicolas, vermillon et azur, brossée sur un fond d'or, et c'était tout.

— Bon appétit, frère! cria le Samoyède

— Prends place près de nous, Bolsko, répondit Boris; on t'attendait.

Déjà chacun l'entourait; Androunow, Stephania, Olga et Katrina, la fille et la femme de Boris, voulaient avoir des nouvelles.

Après avoir dit un mot à chacun, il prit place à table.

— Et Ismaëloff? demanda-t-il la bouche pleine.

— Le pauvre enfant est aussi bien que possible, répondit Katrina. Nous l'avons couché en haut, et le docteur, qui l'a visité, assure que dans cinq ou six jours il sera sur pied. Ah! petit père, quel terrible gardien tu lui as donné!.. Je n'ose plus monter.

— Ismaël est pourtant aussi doux qu'un chien.

— Je ne me fierai pas à ses crocs, moi! riposta Boris. Quand donc, compère, me vendras-tu sa dépouille?...

— Jamais, Boris-Maximitch, répondit gaiement Bolsko. Ismaël est comme toi, ce n'est pas de l'amour, c'est un culte qu'il a pour sa toison...

Chacun éclata de rire, car Boris était un *non conformiste* enragé. Il portait dans toute sa longueur sa barbe sale et épaisse, ses cheveux gras et luisants. Il eut regardé l'atteinte du rasoir ou des ciseaux, comme un affront sanglant, et payait, chaque année à la chancellerie d'Iakoutsk, une somme assez forte pour en être dispensé.

Car il faut savoir que dans la sainte Russie, patrie des *ukases*, il en existe pour chaque chose. Il en est qui prescrivent la coupe de la barbe et des cheveux, la forme des vêtements, le nombre des salutations qu'un inférieur doit à son supérieur : un Russe bien appris ne marche, ne crache, ne se mouche que d'après un ukase.

Beaucoup de ces ordonnances promulguées, par le czar Pierre-le-Grand, sont aujourd'hui tombées en désuétude. Cet illustre despote, qui créa pour ainsi dire son peuple, lui donna une religion, des lois, entendait que tout marchât à sa volonté. Vêtus de peaux, avec leurs barbes, leurs cheveux incultes, les anciens Moscovites ressemblaient plus à des bêtes qu'à des hommes. Pierre, sur des modèles qu'on lui envoya de différents pays, ordonna un vêtement obligatoire. Il voulut qu'on se rasât, qu'on se peignât, innovations qui causèrent plusieurs révoltes; tout peuple tient à ses vieux préjugés. On raconte même que des tailleurs, des barbiers étaient installés dans les rues, et, s'emparant des récalcitrants, les vêtissaient, les tondaient, les rasaient, aux grands éclats de rire ou aux sourdes protestations de l'assistance.

Mais, beaucoup, plutôt que de se soumettre à ces lois qu'ils considéraient comme iniques, comme attentatoires à la liberté, préférèrent s'enfuir au loin, s'exiler au fond de la Sibérie.

Boris descendait de ces étranges rebelles.

Cependant le repas touchait à sa fin; Olga, apportant la *samovar*, remplit les tasses de thé parfumé et venant en droite ligne de la Chine, puis déposa sur la table la bouteille d'eau-de-vie de France et les pipes toutes bourrées pour les hommes.

Ensuite, aidée de Stephania, elle desservit la table pendant que Katrina retournait à la boutique.

— Montons, dit alors Bolsko; nous serons mieux là-haut pour causer.

Boris leur faisant signe de le suivre, monta le grand escalier aux marches de sapins rendues inégales par l'usage, et, poussant une porte, introduisit ses hôtes dans la chambre d'Ismaëloff.

Le bohémien était mollement couché sur un amas de pelleteries : à ses pieds, Ismaël faisait bonne garde.

— Comment vas-tu? demanda Bolsko au blessé.

— Mieux, petit père! répondit Ismaëloff, dont l'œil s'alluma soudain. Quelques jours de repos et tout sera fini... tout recommencera plus tôt, acheva-t-il d'une voix sourde.

— Je l'espère. Maintenant, causons sérieusement, les moments sont précieux. Boris-Maximitch, nous sommes de vieilles connaissances, de vieux amis; si tu m'as aidé jadis, à mon tour, j'ai eu le bonheur de te tirer d'un pas épineux : je ne crains donc pas que tu me trahisses.

— T'ai-je seulement donné le droit de faire une telle supposition? s'écria Boris indigné.

— Non; aussi j'ai agi franchement avec toi. Ce matin en venant te demander l'hospitalité, t'emprunter ce déguisement, je t'ai dit pourquoi j'étais à Iakoutsk, quel but je poursuivais, et tu m'as promis de m'aider.

— Moralement seulement! prétexta Boris. Cette affaire est trop grande pour que je m'y engage à la légère.

— Soit, je respecte tes scrupules. Mais cet homme dont tu m'as parlé, peut-il quelque chose, lui?

— Il peut tout, s'il ne s'agit que d'un coup de main. C'est un triste personnage, un réfractaire qui, pour échapper à la loi militaire, pour pratiquer librement, je ne sais quelle religion, s'est jeté dans la montagne avec une cinquantaine de gaillards de sa trempe.

— Encore une des plaies de la Russie, interrompit Bolsko;

l'intolérance du clergé est telle que, bientôt, nous aurons autant de sectes que d'individus.

— Ils vivent là en opposition constante avec les lois, continua Boris, font des prosélytes, bref, très-redoutés du gouvernement.

— Des bandits, alors.

— Ils n'ont jamais ni volé, ni assassiné personne.

— Et on peut se fier à cet homme?

— En toute sécurité. Je le connais par ce que chaque printemps, il me vend le produit de ses chasses d'hiver. Bien souvent, manquant de tout, il a sollicité de moi de fortes avances, et jamais il ne m'a fait tort d'un kopeck.

— Je le verrai. Son nom?

— Kapouskine.

— Et on le trouve?

— Partout sur la montagne; mais de préférence dans les murs du vieux couvent ruiné. Maintenant que je t'ai dit ce que je savais, n'oublie pas ta promesse; quoi qu'il arrive...

— Je ne te connais pas. C'est entendu.

Et, dépouillant son costume de Samoyède, il revêtit une défroque de Kalmouck, passa deux revolvers sous sa veste et s'empara d'une trique respectable.

— A ce soir, dit-il.

Il sortit. On était au milieu de la journée, et le soleil chaud, radieux déversait ses rayons sur l'étrange ville de bois, faisant resplendir les croix grecques, les dômes dorés des églises, les coupoles et les clochetons aériens des couvents et des monastères. La foule gaie, gouailleuse emplissait les rues à pied, à cheval, en voiture, les *gardavoïs*, par groupes de trois ou quatre, se promenaient lentement, bâillant d'impatience et d'ennui.

Bolsko sortit de la ville en compagnie de quelques Cosaques, et se dirigea, en homme sûr de lui-même, vers une de ces collines admirablement boisées qui avoisinent Iakoutsk.

Pendant ce temps, Andreanow tenant son ours par la chaîne, Stephania, une guitare sous le bras, parcouraient la ville avec mission de ne pas perdre de vue Grégory Michaëlinoff, d'observer ses moindres gestes, ses moindres démarches.

Le soir même, Bolsko était de retour.

— Eh bien? lui demanda Boris.

— Kapouskine m'a promis son concours. Andreanow le préviendra quand il sera temps. Maintenant, il n'y a plus qu'une chose à faire : attendre.

— Et surveiller Grégory! ajouta Ismaëloff qui avait tout entendu.

* * *

Une semaine environ, après les événements que nous venons de raconter, le voyageur qui se fut risqué dans les forêts qui avoisinent Iakoutsk se fut vite épouvanté : la forêt était occupée, et par quels hommes? des bohémiens en haillons, aux yeux durs, aux cheveux épars. Les vêtements où dominaient les pelleteries précieuses, mais sans apprêt, tombaient en lambeaux! seulement à toutes les ceintures pendaient des poignards, des pistolets; toutes les mains étreignaient ou une lance au fer aigu, ou un fusil au canon noirci par l'usage.

Ils attendaient, couchés au pied des arbres dont les rameaux épais, étroitement enlacés, tamisaient les rayons du soleil, et ne laissaient passer qu'un jour faible comme un crépuscule.

C'était la bande de Kapouskine, de pauvres diables, sans feu ni lieu, qui avaient uni leurs misères et s'étaient donnés un chef. Comme l'avait dit Boris, ils ne volaient pas, ils n'assassinaient pas; la chasse et la pêche suffisaient à leurs besoins, et ils vivaient, pauvres, méprisés, mais libres... De pareilles réunions de réfractaires ne sont pas rares dans la sainte Russie.

Kapouskine, un gaillard long comme une perche et maigre en conséquence, une tête de tartare jaune, parcheminée, aux pommettes saillantes, aux yeux de hibou, causait plus loin avec Bolsko et Andreanow.

Dans l'éloignement, on eût pu voir la charrette tout attelée, Ismaïloff debout près des chevaux et l'ours à ses pieds.

— Surtout que pas une goutte de sang ne soit versée, recommanda Bolsko.

— Sois tranquille, mes hommes sont avertis, répondit Kapouskine. Nous ne sommes pas des assassins, d'ailleurs, mais de pauvres diables coupables seulement d'avoir une religion, des idées autres que celles de nos gouvernants. Il est vrai que, si on nous prenait, on ne ferait aucune différence entre des bandits et nous.

Un silence suivit ces paroles. Une heure se passa, et Bolsko désespérait déjà quand un gamin, rouge, essoufflé, déboucha dans la forêt avec la rapidité d'un cerf, poursuivi par les chiens.

— Les voilà! cria-t-il.

Sur un signe de Kapouskine, les hommes se dissimulèrent derrière les arbres. Quelques minutes après, sauf les cris éclatants des coqs de bois, rien ne troublait le calme et le silence de la forêt.

Bientôt on entendit un roulement sonore qu'accompagnait le bruit d'un galop impétueux. Puis, au bout de l'allée sombre, une tarentasse, voiture de voyage fermée comme la caisse d'un coupé, et dont les roues, au lieu d'être portées sur des ressorts, ne reposent que sur des troncs de bouleau, apparut entourée d'une vingtaine de Cosaques à cheval.

Les rideaux de cuir avaient été tirés sur la porte et les petites fenêtres, sans doute pour empêcher les prisonniers, — ce déploiement de forces ne laissait aucun doute — de rien jeter sur la route, de communiquer avec les passants.

Le chef de l'escorte avait hâte sans doute de sortir de cette forêt mal famée, car voiture et chevaux menaient un train infernal. Tout à coup, les deux cavaliers qui galopaient en tête, comme soulevés par des mains invisibles, vidèrent es arçons et furent lancés sur le gazon. Les autres, ne pouvant arrêter leurs chevaux, lancés à toute bride, subirent le même sort, et, en moins d'une minute ce fut un pêle-mêle, un entassement indescriptible de chevaux, d'hommes, jurant, criant, se débattant.

— En arrière! cria le chef des Cosaques qui vit qu'une corde avait été tendue en travers de la route; nous sommes trahis...

— Trop tard, Grégory Michaëlanoff! répondit une voix sonore. En avant!

A ce cri, semblables à des ombres, les bohémiens, débusquèrent de leurs retraites et se précipitèrent sur les Cosaques qui, éperdus, affolés, ne tentèrent pas une résistance impossible. Beaucoup étaient à terre déjà, ce qui évita la peine de les désarçonner. En quelques minutes la lutte était terminée, et les Cosaques solidement garrottés gisaient sur l'herbe.

— Aux autres! cria Bolsko.

Et courant à la voiture, il en fit sauter la portière solidement fermée.

Quatre personnes en descendirent : Alexis, Wasilika et les deux enfants.

— Merci, frère! dirent-ils en pressant les mains du Tzigane.

Et Wasilika ajouta, saisie de crainte à la vue de tous ces corps étendus.

— Morts!...

— Rassure-toi, sœur; pas une goutte de sang n'a coulé. Mais hâtons-nous de prendre le large; il ne fait pas bon ici.

En même temps il siffla. Ismaëloff, complètement guéri, fit avancer la charrette où attendait la jolie Tzigane.

— Sœur, cria-t-elle en tendant les bras à Wasilika, tu m'es enfin rendue!

— En route, dit Bolsko, ne nous attardons pas. Toi, continua-t-il en montrant à Kapouskine l'espion solidement bâillonné et garrotté, tiens ce que tu m'as promis.

— Ne crains rien, je garderai ce reptile quelques jours dans un des cachots du vieux monastère. Après, il ira se faire pendre ailleurs si ça lui plaît. Quant aux Cosaques, nous allons en délier un qui, à son tour, délivrera les autres. Cela prendra du temps...

Quelques minutes après, la charrette, emportant les femmes et les enfants, s'éloignait escortée de trois hommes à cheval.

Kapouskine jeta sur la croupe de son cheval Michaëlanoff, qui rugissait sous son bâillon, et fit signe à ses hommes.

— Eparpillez-vous, dit-il. La distribution se fera là-haut...

Les réfractaires, par groupes peu nombreux, s'éloignaient dans toutes les directions, évitant prudemment de regagner le campement en troupe.

La nuit tombait déjà.

Pendant que Bolsko racontait à Alexis de quelle façon il avait pu s'assurer la coopération des réfractaires, grâce aux roubles trouvés dans la sacoche, Kapouskine, lui, avait quitté la forêt, et lançait son cheval sur la pente de la montagne, où s'élevaient les restes du vieux monastère, quartier général de sa bande.

Insouciant comme tout nomade, sans s'inquiéter des bonds de carpe que tentait Grégory, jeté en croupe derrière lui, il sifflait une vieille mélodie tartare, se plaisant à faire sonner dans sa vaste poche — riant accompagnement! — les mille roubles que Bolsko lui avait comptés pour sa coopération à la délivrance des prisonniers.

Tout à coup, un bras puissant se noua autour de sa taille, et une tête grimaçante se pencha sur son épaule.

— A moi! voulut-il crier.

Mais, plus rapide que l'éclair, un poignard brilla et s'enfonça jusqu'à la garde dans sa poitrine.

— Traître! te voilà soldé!...

Le réfractaire s'abattit sur le sol; alors Grégory, car c'était lui, dont les liens mal noués, s'étaient défaits sous ses efforts désespérés, labourant de la pointe de son poignard les flancs de son cheval, le lança comme une trombe sur la route d'Iakoutsk.

Sa face horriblement convulsée respirait la haine et la fureur.

— Oh! la vengeance! râlait-il, emporté comme le vent. Bolsko, Alexis, Wasilika, nous nous reverrons!...

VIII

Dans les plaines de l'extrême nord.

Laissons le misérable tramer dans l'ombre ses projets de haine et de vengeance, et rejoignons nos fugitifs.

— Abandonnons les abords de la Léna, avait dit Bolsko à ses amis. C'est là qu'on nous cherchera. Nous sommes aussi compromis que vous maintenant, et il faut jouer d'audace si nous ne voulons pas reprendre, les fers aux pieds et aux mains, la route que nous venons de suivre.

— Quelle route prendre, alors?

— Toujours la route du nord. Sauf les abords des grandes artères fluviales, le pays n'est plus habité que par des hordes de Iakoutes et de Samoyèdes errants; ceux-là ne nous livreront pas.

— Pauvre ami, que de tourments nous te causons!...

— Tu m'as sauvé la vie, Alexis, je ne l'ai pas oublié.

Et les chevaux lancés au grand galop, brûlaient les steppes. Bolsko ne s'était pas trompé; la contrée était pour ainsi dire déserte; car, la Sibérie, qui ne compte guère qu'un habitant par trois kilomètres carrés, masse sa population aux abords des grandes villes, le long des fleuves, des routes;

le reste du territoire n'est fréquenté que par des nomades en quête de pâturages pour leurs grands troupeaux de rennes, des chasseurs errants à la poursuite du gibier.

A mesure qu'on approche du cercle polaire, la végétation se fait de plus en plus pauvre; des sapins, des bouleaux blancs, des mélèzes sont les seules essences qui rompent la monotonie, la triste uniformité de ces plaines sans fin, appelées steppes dans le sud, *escendras* dans le nord.

Le règne animal se ressent aussi de la pauvreté du règne végétal, et si, au sud, le chameau est tout pour le Khirgis et le Mongol, le renne et le chien sont les seuls serviteurs de l'homme sous ces froids climats.

Les fugitifs avançaient toujours dans ces mornes solitudes. Les montagnes, les collines s'étaient fondues à l'horizon vaporeux, remplacées çà et là par quelques élévations à peine sensibles, qui, elles-mêmes, ne tardèrent pas à disparaître. Devant les voyageurs se déroulait la steppe sans borne, incommensurable comme la mer, dont elle avait les ondulations, avec sa végétation de hautes herbes que le soleil colorait de lueurs, tantôt noires comme un drap funèbre, tantôt vertes comme une gigantesque émeraude, tantôt rouges au contraire comme les reflets d'un immense incendie.

Un tel spectacle fatigue bientôt les yeux par son éternelle uniformité, et le voyageur soupire après un accident de terrain, un bouquet d'arbres sur lequel il puisse reporter son regard fatigué par la contemplation de l'infini.

Mais rien.

Dans la confusion qui précéda leur départ précipité d'Iakoutsk, les bohémiens avaient négligé de s'approvisionner pour une longue route; mais ils comptaient sur la chasse pour se ravitailler.

— Ce qui me console, disait Bolsko, c'est que Grégory

Michaëlanoff, retenu au fond d'un des cachots du vieux monastère, ne pourra nous poursuivre de longtemps. Kapouskine est un bon geôlier, et quand il lâchera l'oiseau, ses ailes seront rognées.

— Dieu le veuille, soupira Alexis, mais cet homme est fort ! C'est un démon sagace et altéré de vengeance ; il peut nous rejoindre.

— Il eut mieux valu me laisser le tuer, comme je le voulais, dit Ismaëloff d'une voix sourde. Morte la bête, mort le venin ! C'est un sage proverbe.

— Non, répondit Alexis en hochant la tête ; un meurtre est toujours un meurtre, et celui-là eut souillé nos mains.

Le bohémien ne répondit pas ; mais sa main passée sous son *caftan* serrait convulsivement le manche d'un couteau ; une sombre résolution se lisait dans son regard.

Cependant on avançait toujours brûlant les étapes. Dans les plaines du sud, le printemps régnait déjà dans toute sa splendeur ; ici, il commençait à peine ; la neige n'était pas fondue partout encore, et les embouchures de ces fleuves géants, l'Ienissei, la Léna, l'Obi, étaient toujours obstruées par les glaces.

Dans ces régions, d'ailleurs, le printemps, l'automne, ces saisons intermédiaires entre les froids intenses et la canicule n'existent pas pour ainsi dire. Sur les rives de la mer Glaciale, l'année ne se compose que de deux divisions, l'été qui vient en juin, alors qu'arrive la débâcle, l'hiver qui commence en septembre.

C'est alors la mort et la désolation ; le soleil disparaît pour de longs mois, laissant la terre enveloppée de ténèbres épaisses qu'éclairent souvent des aurores boréales, phénomènes d'une grande beauté, mais rapides, fugitifs. Pendant ces courts instants, les immenses *ice-fields*, les *ice-bergs*, les *drift-ice*, éclairés de chauds rayons que leurs faces de cristal renvoient en un éblouissement, affectent toutes les formes, semblent des palais magiques, faits d'escarboucles et de diamants, surgissant brusquement du sol gelé, pour les noces de quelque dieu des pôles. Puis l'ombre s'étend de nouveau plus sombre, plus sinistre, après de telles féeries.

Mais l'été commençait, nous l'avons dit; les fugitifs s'en apercevaient à la longueur des jours qui devaient aller en augmentant jusqu'au moment où la nuit cesserait d'être, où le *soleil de minuit* éclairerait la terre.

Les aventuriers avaient hâte de franchir les deux cents lieues qui, suivant le calcul de Bolsko, les séparaient des rivages de la mer Arctique. Pourtant, quelle que fût leur impatience, il fallait compter avec les difficultés renaissant sans cesse. Les vivres se faisaient de plus en plus rares; il fallait chasser pour y suppléer, ce qui était une grande perte de temps; le sol détrempé par le dégel était peu propice à une marche rapide.

Parfois on rencontrait un village de Iakoutes hospitaliers. Mais ces pauvres gens ne pouvaient être d'un grand secours aux fugitifs, vivant eux-mêmes de leurs dernières provisions hivernales. Et encore, ces villages allaient-ils bientôt disparaître, car déjà hommes et femmes pliaient les tentes, rassemblaient les rennes laissés en liberté, se préparaient à partir, soit pour les rives des fleuves, soit pour celles de la mer Glaciale.

Les privations commençaient à se faire sentir; il fallut se rationner. Malgré ces précautions, un matin, Wasilika et Stephania, qui se partageaient les soins du *ménage*, s'aperçurent avec effroi que, de leurs provisions de viande marinée et de poisson séché, il ne restait presque plus rien.

— Un repas... dirent-elles effrayées; et après?...

— La chasse y pourvoira, répondit Bolsko. Il est impossible que nous soyons aussi malheureux aujourd'hui que les jours précédents...

L'eau depuis longtemps faisait complètement défaut; mais, plus on remontait au nord, moins le dégel était complet, et il arrivait fréquemment de trouver une neige sale, mêlée de terre, mais qui, passée dans un linge et ensuite bouillie, pouvait encore désaltérer.

Sous ces menaces de famine, on déjeuna tristement.

— En route! commanda Bolsko dès que le frugal repas fut terminé.

On partit, l'œil sondant l'horizon, le doigt sur la détente du fusil. Pas une trace de lièvre blanc, si commun pourtant dans ces régions, ni de daims ou de renards sur le sol. Par moment, des vols nombreux de canards, d'oies sauvages, de pluviers rayaient le ciel de leurs grandes ombres. On essaya de leur envoyer du plomb, mais ces farouches habitants des airs se tenaient à bonne distance, et les fugitifs n'avaient pour toutes armes que de mauvaises carabines à piston d'une portée insuffisante.

La journée s'écoula ainsi, morne, désolée, car quand le corps souffre, l'esprit s'en ressent profondément. Il fallut pourtant s'arrêter quand la nuit allongea ses grandes ombres sur la plaine grise. Les femmes et les enfants se blottirent dans la charrette; les hommes, la main serrant la crosse du fusil, attendirent, debout dans l'ombre, espérant qu'une bande de loups, de renards, qui sait? des ours peut-être approcheraient du campement.

Ils étaient prêts à tout.

Mais leur attente fut vaine.

Au matin chacun se regarda morne, découragé.

— Attendons! dit Bolsko.

Et l'étape fut reprise; mais, comme la veille, les désespérés ne rencontrèrent aucun gibier.

Pâles, exténués de faim et de fatigue, ils se traînaient plutôt qu'ils ne marchaient. Dans ce grand découragement chacun n'avait qu'une pensée : relever le moral de ses amis, essayer de lui communiquer une espérance qu'il n'avait pas lui-même. Aussi on était gai, on parlait, gaieté factice qui faisait mal à voir, paroles menteuses qu'on ne pouvait entendre sans avoir envie de pleurer.

Les enfants, eux, ne comprenant rien à tout cela, disaient à chaque minute.

— J'ai faim !

— Patience ! l'étape n'est pas encore terminée, disait Bolsko.

Et Wasilika, qui, la veille leur avait glissé en cachette la part de son déjeuner, ne pouvait que murmurer aussi :

— Patience !

On s'était arrêté incapable d'aller plus loin.

— Alors, Andreanow se rapprocha de son père.

— Père, dit-il, nous sommes à bout; sacrifions un des chevaux.

Bolsko secoua tristement la tête.

— C'est impossible, fit-il. Nous avons déjà perdu trois bêtes, nos montures; si nous diminuons l'attelage, c'est renoncer à poursuivre notre voyage.

— L'ours, alors...

— Pauvre Ismaël.

— Oh ! autant que toi, je déplore cette extrémité. Pourtant sa mort seule peut nous sauver. Dans des circonstances pareilles à celles que nous traversons, il ne faut reculer devant rien.

Et son œil brillait et tout son être vibrait d'une façon étrange. Ce garçon si fort, si puissamment constitué souffrait plus qu'une femme, plus qu'un enfant...

Pourtant il aimait Ismaël, ce vieux serviteur, ce vieil ami

dévoué... Mais raisonne-t-on avec la faim? Le nomade perdu dans les sables brûlants du désert, ne sacrifie-t-il pas son dernier chameau, compagnon de ses courses lointaines, pour en boire le sang, sans se dire que ce sacrifice peut retarder sa mort de quelques heures, mais ne l'empêchera pas.

Ismaël semblait avoir compris le dessein du père et du fils, car, quand ceux-ci s'approchèrent de lui, il s'éloigna en trottinant et ne s'arrêta que bien loin. Assis sur son train de derrière, ses deux pattes battant l'air, il les regardait d'un air craintif et suppliant.

— Ismaël! appela Bolsko d'une voix que l'émotion faisait vibrer.

L'ours ne bougea pas.

— Ismaël! répéta le Tzigane sur un ton plus impérieux.

Cette fois l'ours obéit lentement, comme à regret, et vint se coucher près de son maître, sa grosse tête frôlant son genou comme pour lui demander grâce.

— Il le faut! murmura le bohémien aussi agité que s'il allait commettre un meurtre.

Et dégageant vivement son revolver, il visa l'ours à la tête et pressa la détente.

Mais un homme avait surgi entre le fauve et le bohémien. C'était Ismaëloff qui venait de comprendre. Son bras détourna le revolver, et la balle alla se perdre au loin.

— Père! dit-il d'une voix véhémente, ne fais pas cela.

— Fou! dit-il. Pourquoi m'arrêter quand ma main tremblait déjà? Veux-tu donc que nous périssions tous? Lui ou nous, tout est là!...

— Non, père, je ne le veux pas... Ismaël est mon compagnon, mon ami, et je le défendrai... même contre toi... Ecoute, il est impossible qu'un village, un camp de Samoyèdes ne se trouve pas dans les environs. Donne-moi jusqu'à ce soir, jusqu'à demain. Si je ne reviens pas, c'est que je serai mort... Alors tu pourras le tuer...

— Va donc, dit Bolsko, et que Dieu te conduise!...

Sans en attendre d'avantage, Ismaëloff dét·la un des chevaux de la charrette; il l'enfourcha à nu, et, répétant : *Espérez!* le lança à toute bride dans la direction du nord.

Les chevaux, grâce à l'herbe épaisse de la steppe, n'avaient rien perdu de leur vigueur. Quelques minutes ne s'étaient pas écoulées, que cheval et cavalier n'étaient plus qu'un point noir à l'horizon; puis tout disparut.

Assis sur le sol, autour de la charrette, les fugitifs attendaient.

Oh! combien dans de pareilles circonstances l'attente est cruelle! Avec quelle anxiété on compte les minutes, les secondes qui semblent s'écouler aussi lentes que des siècles! Comme l'espérance grandit, puis décroît, puis renaît encore! Comme on souhaite avec angoisse une certitude quelconque, cette certitude fut-elle mortelle!

Cette fois encore Dieu protégeait les fugitifs. Après trois heures d'angoisses sans nom, Ismaëloff reparut le front radieux. Il avait découvert, à une douzaine de verstes plus loin, tout un campement de Samoyèdes; il rapportait des vivres assez pour reconforter les pauvres affamés.

— Sois béni! murmura Alexis en pressant doucement les mains du brave garçon, tu nous as sauvés!...

Après ce repas qui leur rendit quelque force, nos amis attelèrent de nouveau la charrette, et, guidés par Ismaëloff, prirent le chemin du campement des Samoyèdes, où les attendait une hospitalité cordiale, sinon brillante.

Deux heures après ils apercevaient les grandes tentes de peau de renne, jointes et cousues, et portées sur une charpente d'os de baleine. Il était temps, la nuit venait déjà.

* * *

Le village ne se composait que de cinq tentes habitées chacune par une famille. C'était un campement d'été. L'hiver, ces peuplades se creusent des demeures dans les flancs des glaciers, ou élèvent des huttes faites de neige tassée que la gelée rend aussi solides que du granit.

Ces demeures, où ne s'ouvre aucune fenêtre, mais seulement une porte si basse qu'un homme est forcé de ramper pour y pénétrer, éclairées par une lampe où trempe une mèche de mousse imbibée d'huile de baleine ou de veau marin, sont admirablement protégées contre le froid. Dans un coin s'élève une banquette haute de plusieurs centimètres et chargée de pelleteries : c'est le lit où dort pêle-mêle toute la famille. Aux murs sont suspendus des filets, des harpons; comme ustensiles de ménage, une grande marmite et quelques objets en pierre ou en os de baleine.

L'été, au contraire, ils vivent sous la tente, changeant souvent de localité pour chasser le bœuf musqué, le renne sauvage, les oiseaux, la baleine, le phoque; conduisant dans les plaines, où croît un peu d'herbe, leurs grands troupeaux de rennes privés qui traînent leurs charrettes et les nourrissent de leur lait.

A l'entrée des étrangers, tout le village fut sur pied. Hommes et femmes portaient encore le costume d'hiver, de grandes blouses en peau de renne, agrémentées de lambeaux d'étoffe voyante, des pantalons de même nature tombant sur des bottes en peau de veau marin, bottes imperméables faites, ainsi que les autres parties de l'habillement, par les femmes de la tribu.

Quelques femmes portaient leurs enfants ficelés, emmaillotés, dans leurs bras ou dans le grand capuchon qui leur pendait sur les épaules. Bien qu'ils fussent convertis, autant qu'ils pouvaient l'être, tous les hommes portaient au cou, sur la poitrine des fétiches, des amulettes destinés à les garantir des maladies, des sortilèges; à leur procurer de bonne pêches. Il n'aurait pas fallu dévisager tous les membres de la tribu pour y découvrir un, si ce n'est plusieurs sorciers.

Chez ces peuples stupides, les femmes ne comptent guère. Leurs seigneurs et maîtres les croient d'une espèce de beaucoup inférieure à la leur, et ne leur ménagent ni les coups, ni les affronts, ce dont pourtant elles n'ont pas l'air de se soucier beaucoup.

Quelques chiens énormes, mais maigres, à peine nourris, couraient çà et là, fouillant le sol pour tâcher d'y découvrir quelque charogne oubliée par leurs maîtres.

Ailleurs, des traîneaux abandonnés, des dépouilles de phoques, d'oiseaux de mer, d'ours blancs séchant sur des perches, achevaient de donner au camp un aspect des plus pittoresques.

Le chef de la peuplade, qui se nommait Nicolawitch, parlait Russe et se vantait d'avoir été baptisé, en montrant une médaille suspendue à son cou, comme une marque commémorative, souhaita la bienvenue aux étrangers. Au lieu de frotter son nez contre celui de Bolsko, chose que le bohémien attendait, il se contenta de lui serrer les deux mains.

— Sois le bienvenu, lui dit-il. Tout ce que nous possédons est à toi.

— Merci, répondit le Tzigane. Pour le moment, ajouta-t-il, il ne nous faut que deux choses : à souper et une tente.

— Tu auras ce que tu désires.

En effet, moins d'un quart d'heure après, une tente était préparée pour les deux femmes. Les quatre hommes avaient accepté pour eux l'hospitalité que leur offrait un vieillard. Puis on s'occupa de cet article important, le souper. Les Samoyèdes avaient tué un renne, bien gras, dont toute une partie fut abandonnée aux fugitifs qui aimèrent mieux la préparer eux-mêmes que de partager la cuisine samoyède, généralement faite avec une malpropreté révoltante.

Les Samoyèdes n'ont aucune notion de propreté. Leur corps, que, pour toute ablution, ils débarbouillent avec de l'urine, est infecté de vermines qu'ils laissent paisiblement s'engraisser à leurs dépens. Aux alentours de leurs tentes croupissent des entrailles de poisson, de gibier, des ordures immondes, sans que cela paraisse les incommoder en rien. Les froids terribles qu'ils subissent la plus grande partie de l'année, émoussent sans doute leur odorat; et puis, qui sait? peut-être trouvent-ils dans ces parfums — sui generis — un charme que nous ignorons nous autres.

Ce soir-là il y eut fête au campement, festin d'abord, puis danses et concerts. Sans gêne, les Samoyèdes entraient dans la tente de leurs hôtes pour leur mendier un peu de tabac, des épingles, leur demander des conseils, leur faire admirer leur intelligence musicale et chorégraphique. Alexis ayant eu la bonne idée de déboucher quelques bouteilles de vodki, l'enthousiasme ne connut plus de bornes.

En ce moment, un homme entra.

— Il y a des ours dans les environs, dit-il à Nicolawitch.

Celui-ci bondit.

— En chasse! dit-il à ses hommes qui, précipitamment, coururent chercher leurs armes, lances, flèches, longs couteaux avec lesquels ils se mesurent corps à corps contre les fauves.

— Venez avec nous, dit-il ensuite aux fugitifs. Vous avez des fusils.

— Mais ces femmes?

— Elles sont aussi en sûreté ici que dans vos villes. Aucun danger ne les menace.

Il n'y avait rien à répondre à cela. Les quatre hommes

n'étaient pas fâchés de voir de près le terrible seigneur des régions polaires; ils devaient d'ailleurs, selon l'usage, partager le butin; et, dans la pénurie où ils se trouvaient, une pareille occasion de se ravitailler était trop précieuse pour qu'ils la laissassent échapper.

— Soit! dit Alexis en s'armant; nous te suivons.

Les chasseurs étaient prêts déjà. Brandissant leurs armes, poussant mille clameurs farouches, ils s'élancèrent comme un ouragan, guidés par l'homme qui avait relevé les empreintes des terribles animaux.

C'était une bonne fortune pour les Samoyèdes gloutons, toujours inassouvis, que cette énorme quantité de viande que la chasse allait leur livrer; c'était en outre se débarrasser de voisins dangereux.

La tente fut désertée bientôt. Assises sur le sol en face d'un amas de fourrures, Wasilika et Stephania causaient en regardant dormir les enfants.

Ismaël ronflait devant l'entrée.

Le temps se passait, le village demeurait silencieux comme une tombe, et les deux femmes eurent peur.

— Un malheur est arrivé! dit Wasilika tout à coup. Trois heures se sont passées, et personne ne revient.

— Folle! répondit Stephania en riant. Pourquoi te créer des inquiétudes?... La bête se sera fait poursuivre, voilà tout...

— J'ai peur te dis-je... Il me semble qu'un malheur est imminent... Pourquoi ne reviennent-ils pas?.

— Ils reviendront, sois en sûre. Mais, s'il ne faut que cela pour te rassurer, je vais aller jusqu'au bout du camp, quoique ce soit inutile, je les trouverai en route...

— Non, reste!... dit Wasilika d'une voix suppliante.

— Folle! folle! répéta la fillette que les inquiétudes de Wasilika commençaient à gagner aussi. Si tu crains pour ton frère ; moi je crains pour mon père, mon frère, Ismaëloff. Non, je veux savoir...

— Reste... je t'en supplie.

Pour toute réponse la fillette fit signe à l'ours de venir s'accroupir auprès de Wasilika, et sortit en lui disant :

— Veille !

Docile, le fauve obéit.

Restée seule, Wasilika sentit s'accroître la terreur secrète qui la terrassait. Les mains jointes elle se jeta à genoux, et une prière ardente monta de ses lèvres jusqu'aux pieds du Tout-Puissant

IX

Chasse aux fauves et chasse à l'homme.

Les chasseurs étaient partis pleins de confiance dans leurs succès... futurs. Le Samoyède qui avait relevé les traces des fauves assurait qu'ils étaient trois au moins. Suivant les empreintes laissées sur le sol, ils devaient être tapis au fond d'une petite plantation de bouleaux, distante d'au moins deux verstes.

Au sortir du village les cris et les vociférations cessèrent comme par enchantement. On marchait maintenant en gardant le silence le plus profond. Par bonheur la lune venait de se lever, éclairant cette plaine immense, où rien ne venait arrêter ses rayons. Dans le lointain, au nord, se profilaient droits, immobiles, baignés dans une brume vaporeuse les troncs blanchis des bouleaux.

Les yeux fixés sur les larges empreintes, on marchait toujours.

Enfin les deux verstes furent franchies, et les chasseurs s'arrêtèrent.

Le bouquet d'arbres était peu étendue. Nicolawith divisa

ses hommes en deux bandes. L'une devait entourer les arbres, l'autre, sous sa conduite, débusquer les fauves.

— En avant! cria-t-il d'une voix retentissante.

Un grognement terrible lui répondit, et trois masses énormes, blanches comme des fantômes, se dressèrent au milieu du bois. Les chasseurs avaient rencontré juste...

— Feu! dit Alexis à ses compagnons. Visons chacun le nôtre!

Quatre détonations retentirent suivies d'une volée de traits lancés par les Samoyèdes. Les trois monstres blessés, exhalèrent d'horribles rugissements de douleur et essayèrent de s'enfuir; de nouvelles flèches, de nouvelles lances les accueillirent à la lisière du bois. Alors, furieux, ils revinrent sur leurs pas et se précipitèrent en aveugles sur leurs ennemis. Quatre détonations réveillèrent encore les échos de la nuit, et deux fauves tombèrent pour ne plus se relever.

— Victoire! crièrent les Samoyèdes.

Ils chantaient trop tôt! Un des monstres était encore debout, battant l'air de ses pattes velues. Des taches sanglantes trouaient son pelage immaculé; ses yeux ronds, petits, s'incendiaient de lueurs fauves : il était horrible...

Brusquement il se précipita en avant, essayant de s'ouvrir un passage. Deux hommes tombèrent la poitrine labourée, le crâne broyé par sa griffe puissante. Les fugitifs, hâlotants, leurs fusils désarmés à la main, regardaient, cloués au sol par la stupeur; les Samoyèdes se débandaient déjà.

— Les lâches! rugit Nicolawitch.

Et, jetant son arc inutile, un large coutelas à la main, il marcha à la rencontre du fauve, qui, ouvrant ses larges bras, l'étreignit dans un embrassement mortel. Les fugitifs poussèrent un cri d'angoisse, horrible : ils s'attendaient à voir le Samoyède rouler sanglant, broyé aux pieds du monstre. Mais ce fut le contraire qui arriva. Subitement, l'ours lâcha prise et se renversa en arrière.

L'homme était debout.

Rapide comme l'éclair, au moment où l'ours l'enlaçait, son bras, armé du poignard, s'était détendu comme un ressort, fouillant le cœur du monstre.

Cette manière de combattre les ours, particulière à la Sibérie, les abat comme la foudre.

Le retour au campement, où l'on rapportait ces splendides dépouilles, fut une marche triomphale.

Laissant les Samoyèdes se réjouir de leur triomphe et pleurer leurs morts, Alexis et Bolsko marchèrent à la tente des femmes.

Debout sur le seuil, Wasilika les attendait.

Le jour s'était levé clair, radieux. En voyant les fugitifs revenir seuls, Wasilika sentit une angoisse mortelle lui déchirer le cœur.

— Stephania? dit-elle d'une voix brisée.

— N'est-elle pas avec toi? demanda le Tzigane surpris

— Elle a disparue. . cette nuit...

— Voyons, que dis-tu?... Disparue, elle, ma fille!... Allons, c'est impossible!... murmura le malheureux père. Mais explique-toi... Que s'est-il passé? Parle!... Mais parle!...

La pauvre femme, d'une voix brisée par les sanglots, raconta ce qu'elle savait; c'était peu de chose.

Sombre, Bolsko écoutait

— Perdue! s'écria-t-il, quand Wasilika eut terminé. Perdue!...

Et cet homme, qui ordinairement ne brillait pas par la sensibilité, s'abandonna à tous les excès de sa douleur brutale. Il rugissait, pleurait, s'arrachait la barbe et les cheveux, déchirait ses vêtements.

Mais une main s'abattit sur son épaule, une voix ferme dit :

— Nous la retrouverons !

C'était Ismaëloff. Le bohémien parlait peu, on l'a vu ; mais chaque fois qu'il ouvrait la bouche, on l'écoutait religieusement, car sa parole était toujours sage et sensée.

En ce moment il souffrait ; de grosses larmes roulaient sur ses joues tannées par le hâle. Cet être affreux, contrefait, aimait l'enfant de toutes les forces de son âme. Ce n'était pas de l'amour, c'était un culte qu'il lui avait voué à elle, si bonne, si affectueuse quand tous le raillaient et le brutalisaient.

Et quand ces natures imparfaites, sauvages aiment ou haïssent, c'est pour la vie ; elles sont capables des dévouements les plus sublimes, comme aussi des actions les plus basses.

Or, nous l'avons dit, Ismaëloff aimait Stephania. C'était là tout son bien, le gai rayon de soleil qui illuminait sa misérable existence. Le savait-il seulement ? Avait-il lu dans son cœur ? Non, il l'aimait instinctivement comme on aime tout ce qui est beau, bon, généreux.

Et comme chacun le regardait, il reprit :

— Nous la sauverons, ou je périrai...

— Mais, comment la retrouver ? gémit Bolsko. A cette heure elle est peut-être perdue dans la steppe sans fin... Elle nous appelle, elle pleure... Misère !... Peut-être que des fauves...

Ismaëloff eut un ricanement sourd.

— Ni les fauves ni la steppe... dit-il. Grégory Michaëlanoff.

— Tu as raison, frère ! s'écria Andreanow. La clef du mystère est là !...

— En chasse donc, nous avons déjà trop perdu de temps !...

Il emmena les chevaux de la charrette que les trois hommes enfourchèrent. Lui, il préférait marcher. Alexis serra la main de Wasilika, la recommanda à Nicolawitch, qui jura de la défendre contre tous, et courut rejoindre ses compagnons.

***

C'est la nuit ou plutôt un crépuscule lumineux, une sorte de compromis entre le jour et les ténèbres. Dans la steppe grise s'avance une cavalcade étrange. Des hommes velus comme des ours, suspendant de longs pistolets à leurs ceintures de corde, agitant de longues lances, font cabrer leurs petits chevaux à l'œil vif, à la crinière inculte, à la longue queue balayant le sol. L'imagination, sans aucune peine, eût pu transformer ces hommes en bandits, car au milieu d'eux, perchée sur un cheval, est une fillette trop surveillée à coup sûr pour n'être pas quelque peu captive.

Mais non, ce sont de fidèles serviteurs du czar Alexandre. La fillette est une délicieuse bohémienne à peine âgée de quatorze ans, au costume gracieux où se mêlent les plus vives couleurs. Ses yeux frangés de longs cils sont tristement baissés, et sa main joue négligemment avec un collier de sequins brillants qui s'enroulent plusieurs fois autour de son cou. Les Cosaques sourient de ce jeu innocent; mais, chaque fois qu'ils détournent la tête, vite, un sequin se détache du collier et tombe sans bruit sur le sol.

— Diable de pays! murmura tout à coup un des Cosaques en se tournant sur sa selle; pas une isba, pas une auberge! J'ai le gosier altéré comme le désert de Gobi; mon estomac crie famine comme un ours blanc en hiver.

— Bois un coup, Ivan-Wasiliwitch.

— Ma gourde est à sec, Grégory Michaëlanoff. Ah! ça, as-tu l'intention de nous faire arpenter la steppe d'une seule traite? Retournerions-nous à Iakoutsk par hasard?

— Non, tête de buse! Mais c'est peine perdue que de raisonner avec toi, tu ne comprends rien. Nous marcherons lentement, en laissant le plus de traces possible. Maintenant que nous tenons ce joli oiseau, les autres viendront d'eux-mêmes se faire pincer comme les alouettes dans le filet de l'oiseleur.

— Alors, pourquoi ne pas nous arrêter?

— En pleine steppe, animal! Attendons de trouver quelques arbres pour nous abriter.

— Voilà justement l'affaire.... cria un Cosaque en montrant du bout de sa lance un bouquet de mélèzes noirs et rabougris qui se profilaient dans le lointain.

Les hommes mirent leurs chevaux au grand trot et gagnèrent bientôt ce couvert providentiel, véritable oasis du désert.

La fillette regarda son collier de sequin en disant :

— J'en ai encore pour demain!...

Le campement fut bien vite installé. Quelques menues branches, ramassées sur le sol, furent allumées pour écarter les fauves; on débrida les chevaux qui s'éparpillèrent dans la steppe, et les hommes s'accroupissant autour du feu, débouchèrent leurs gourdes de vodki, et déballèrent quelques maigres provisions.

— Tu ne manges pas, Stephania? demanda Grégory à la fillette qui s'était écartée du groupe que formaient les Cosaques.

— Je n'ai pas faim, répondit-elle.

— Chante, alors.

— Pas davantage.

— Petite sauvage! on ne pourra donc jamais t'apprivoiser?...

— Jamais! fit-elle avec un accent froidement résolu.

— Nous verrons bien cela! ricana Grégory. Nous avons à causer, ma belle enfant; tu en sais trop pour que ta conversation ne soit pas instructive. D'abord je veux connaître les projets, les espérances de ce vieux fou d'Alexis. Que compte-t-il faire? Où le conduira cette route insensée qu'il nous fait prendre malgré nous? A-t-il de l'argent? Voyons, réponds...

— Non!

— A ton aise! mais nous connaissons le moyen de délier les langues les plus rebelles. Tu vois ce fouet, suppose que je dise à un de mes hommes de t'en appliquer quelques vingt coups sur les épaules... Tu parleras, alors.

— Tu es le maître, chien! répondit la bohémienne, pâle, indignée. A mon tour, j'ai des moyens de défense. Vois ce poignard! Eh bien! si je supposais que ma langue put me trahir, je m'en servirais pour l'arracher; si je supposais que mon cœur put faiblir, je m'en servirais encore pour en arrêter les battements. Ose donc!

En même temps, avec un geste farouche, elle brandit un petit stylet à la lame fine et effilée comme la pointe d'une aiguille, jusqu'alors caché dans son corsage.

Elle paraissait si calme, si froidement résolue, que l'espion eut peur.

— J'attendrai! dit-il.

Bientôt le silence régna dans le campement. Etendus sur le sol, les Cosaques dormaient profondément. Seule, une sentinelle, appuyée sur sa longue lance veillait pour la sûreté de tous.

Retirée aussi loin que ses farouches geôliers le lui permettaient, Stephania pleurait, sa jolie tête cachée dans ses deux mains. Elle pensait au chagrin de son père, de son père qui sans doute ne la reverrait plus, et son cœur se déchirait, et des sanglots gonflaient sa poitrine. Elle songeait aussi à son imprudence de la veille, quand inquiète, agitée, elle était sortie du camp, sondant les ténèbres pour guetter le retour des chasseurs. C'est alors qu'un voile s'était abattu sur ses yeux, que deux bras robustes l'avaient enlacée, qu'une voix sombre avait murmuré à son oreille :

— Un seul cri, et tu es morte!...

En l'enlevant, Grégory avait un plan : se servir d'elle comme d'un appât pour attirer les fugitifs dans un piège, ou, si ce moyen ne lui réussissait pas, proposer à Bolsko de lui livrer Alexis et Wasilika contre sa fille.

Ce plan odieux, la fillette l'avait bien vite pénétré.

Cependant la nuit s'avançait et les hommes ronflaient toujours. La sentinelle, elle-même, appuyée sur sa longue lance, sentait ses yeux s'alourdir et se fermer de fatigue, quand, tout à coup, quatre hommes parurent derrière les arbres.

Un bras se leva, et la sentinelle, frappée par un poing puissant, alla rouler évanouie sur le sol.

— Stephania! appela une voix.

— Me voilà, mon père! cria la jeune fille, oubliant toute prudence.

Et elle s'élança dans les bras des bohémiens.

Mais déjà tout le camp était en rumeur. Brusquement réveillé, Grégory avait bondi; un seul regard suffit pour lui faire tout comprendre.

— Vous voilà donc! cria-t-il. Je ne vous attendais pas de sitôt. Qu'importe! Soyez les bienvenus!... Qu'on les arrête!...

Mais un tel ordre était plus facile à donner qu'à exécuter. Les Cosaques, il est vrai, étaient huit, huit contre quatre.

Mais, ils étaient mal armés de mauvais pistolets et de lances, et les fugitifs avaient tous des revolvers à cinq coups.

Les chances n'étaient pas égales.

— Arrière! cria Bolsko; arrière ou que le sang versé retombe sur vos têtes.

— En avant! répéta Grégory que la haine aveuglait.

Et, frappant ses hommes en plein visage, il s'élança en avant, menaçant Alexis de son poignard. Un homme se dressa entre le déporté et lui; Ismaëloff, qui avait à venger deux injures, sa blessure et l'enlèvement de Stephania. Dédaignant toute arme, il saisit l'espion par le milieu du corps, essayant de l'étouffer dans ses bras puissants.

Tous deux roulèrent sur le sol, se tordant, s'enlaçant comme des reptiles.

Les Cosaques qu'Ivan essayait de mener au combat, déchargèrent leurs pistolets; puis, voyant les fugitifs prêts à riposter et Grégory Michaëlanoff à terre, ils s'évanouirent dans la steppe comme une volée de corbeaux.

La lutte continuait entre l'espion et le bohémien. Soudain, Ismaëloff poussa un cri de triomphe sauvage, retentissant : il tenait son adversaire râlant sous son genou...

— Meurs donc, misé.....

Mais il n'acheva pas... Se dégageant avec la souplesse d'une panthère, Grégory venait de lui enfoncer jusqu'à la garde son poignard dans la poitrine.

Puis, profitant habilement de la stupeur causée par cet événement, il bondit en arrière et se perdit derrière les arbres.

Sans s'inquiéter de lui, les fugitifs coururent au bohémien qui râlait déjà.

— J'ai mon compte!... balbutia-t-il, mais Stephania est sauvée!... Mon père, adieu!... Nous nous reverrons un jour... Là-Haut... dans le sein du Seigneur... Adieu, vous tous que j'aimais!... Adieu!...

Et, lourdement, sa tête un instant soulevée se renversa en arrière... C'était fini!... Mais avant de mourir il avait pu voir — suprême consolation! — le gracieux visage de Stephania penché sur lui.

— Mort! dirent les fugitifs. Mort!!!...

Hélas! ce n'était que trop vrai...

— Cette victoire nous coûte cher!... murmura Bolsko, dont la voix se couvrit de larmes. Pauvre Ismaïloff, bon et dévoué comme un chien fidèle, il est mort pour nous...

— Nous ne pouvons le laisser là, ajouta Alexis. Creusons une fosse, c'est le dernier et suprême hommage que nous pouvons rendre à la mémoire de ce malheureux...

Avec leurs poignards, ils ouvrirent une tranchée profonde dans laquelle, pieusement, après l'avoir baisé au front, ils descendirent le cadavre du bohémien. Puis, quand la terre fut ramenée, ils traînèrent péniblement quelques troncs, abattus par le temps, afin de protéger au moins cette sépulture sauvage contre la profanation des hommes et la dent des fauves...

Le bohémien, le déshérité, eut pour tombeau cette steppe qu'il aimait tant, qu'il avait si souvent parcourue avec les siens.

— Dors en paix, mon fils! dit Bolsko d'une voix solennelle : la main de Dieu, si ce n'est celle des hommes, te vengera un jour... Adieu!...

— Adieu!... répétèrent Andreanow et Alexis.

— Adieu, frère! ajouta Stephania.

Alors, seulement, ils songèrent à rejoindre leurs chevaux qu'ils avaient attachés à la lisière du petit bois. Ils s'élansèrent en selle, Stephania derrière son père, et la route fut reprise, lentement, tristement.

Un soleil radieux éclairait déjà la plaine sans borne, et ses rayons éclatants irradiés de mille feux semblaient porter la joie et la vie partout. Dans le cœur des fugitifs, il n'y avait que tristesse et désolation; ils songeaient qu'ils n'étaient plus que trois pour accomplir leur œuvre, que le meilleur peut-être, le plus dévoué d'entre eux, dormait solitairement au fond du désert; ils maudissaient l'auteur de tous ces malheurs...

— Et Wasilika! dit alors Stephania. Pourquoi n'est-elle pas venue! Lui serait-il arrivé malheur, à elle ou à ses enfants?...

— Rassure-toi, répondit Bolsko; elle est au camp des Samoyèdes, où deux gardiens vigilants veillent sur elle : Nicolawitch d'abord, Ismaël ensuite.

Ismaël! ce mot rappelait celui qui n'était plus...

Cependant on pressa le pas, et, vers le soir, on atteignit le campement de la horde samoyède. Wasilika et ses enfants, admirablement protégés par leurs deux gardiens, attendaient dans des angoisses inexprimables. En revoyant les fugitifs, ils poussèrent une exclamation de triomphe, qui se changea bientôt en un cri de désolation, quand on leur apprit combien la victoire coûtait...

— Allons, murmura Bolsko, que ce malheureux événement ne paralyse pas notre énergie... A part cela, tout va bien; nous touchons aux rives de la mer Glaciale, dans quelques jours nous les atteindrons. Mais il faut nous hâter Grégory Michaëlanoff n'est pas homme à abandonner la partie, et avant peu nous l'aurons sur les talons.

— Mais des vivres? dit Alexis.

— Nicolawitch est là

C'était heureux, mais le Samoyède, fait aux usages des Russes, connaissait la valeur de l'argent. Chez ces peuplades tout commerce se fait ordinairement par échange, et, quiconque est privé de marchandises ne peut en rien obtenir. Mais Nicolawitch avait un faible pour le rouble. Moyennant un bon prix, il consentit à céder aux voyageurs trois rennes pour traîner leurs charrettes, une certaine quantité de chair d'ours boucanée et plusieurs paquets de poissons séchés. Avec ces provisions suffisantes pour un mois, nos amis pouvaient sans encombre atteindre le terme de leur voyage.

D'ailleurs, au dire de Nicolawitch, le gibier abondait plus au nord; des rivières puissantes, affluents de la Léna, sillonnant en tous sens, le pays pouvaient encore fournir à la caravane du poisson et de l'eau.

Après avoir comblé ces bonnes gens de remerciements et de menus cadeaux, les fugitifs leur dirent adieu et se mirent en route pleins de confiance en l'avenir.

Ils n'étaient guère éloignés de plus d'une quinzaine de jours de marche des rives de la mer Glaciale, et déjà la débâcle se faisait sentir, circonstance heureuse qui permettait aux navires baleiniers de croiser en vue de ces côtes sauvages...

— Et ce serait le salut! disait Bolsko.

— En avant alors! répondaient les fugitifs.

Les prévisions de Nicolawitch se réalisaient pleinement. La steppe finissait, et le sol commençait à s'élever ombragé de mélèzes magnifiques (larix sibérica), de bouleaux, d'aulnes particuliers à ces régions, qui semblaient se masser en plus grand nombre, comme pour contempler une dernière fois ces limites qu'il leur était interdit de franchir.

Dans ces forêts abondaient les ours, les loups, les renards, les rennes sauvages, les lièvres blancs, les lapins; les hôtes emplumés des terres boréales tourbillonnaient aussi sous leurs épaisses ramures ; partout sourdaient des rivières limpides, des ruisseaux cristallins qui donnaient aux herbes naissantes une fraîcheur, une vigueur nouvelles...

Puis les arbres disparurent brusquement, et les glaces se montrèrent de nouveau.

Mais qu'importait aux fugitifs : ne touchaient-ils pas au terme de leur voyage?

X

Où Ismaïl venge son maître. — A la dérive.

On était aux premiers jours de juillet. Depuis le 12 juin la débâcle avait commencé à l'embouchure de l'Ienissei, du Khatanga, de la Léna, libres maintenant; partout les glaces se brisaient, se désagrégeaient, couvrant la mer de leurs gigantesques débris.

Tout semblait renaître à la vie, à l'animation; dans le ciel pur, volaient des guillemots, des mouettes bleues, des pétrels, des pluviers, des *ptarmigans* par milliers; sur les glaçons qu'échauffait un soleil de feu au fond des *fiords*, des morses, des phoques paresseusement couchés près de leurs trous, des veaux marins semblaient se rire des chasseurs velus, les ours blancs, qui les guettaient tapis derrière des rochers de cristal.

Mais rien de tout cela n'attira l'attention des fugitifs, qui, brusquement, poussèrent un long *hurrah* en levant les bras au ciel : ils avaient vu la mer!... la mer Glaciale encore encombrée d'immenses champs de glace, de banquises désagrégées par le dégel, d'ice-bergs, hauts comme des clochers de cathédrale que le courant emportait rapidement.

C'était un spectacle unique, féerique... Le chaud soleil de juillet, se réfléchissant sur les ice-fields, changés par lui en miroirs étincelants, frappant le faîte des ice-bergs, des banquises bizarrement taillées, leur arrachait des teintes de saphir, d'émeraude, de topaze, qui se confondaient dans un prisme éblouissant. Toutes ces masses mouvantes empruntaient aux flots d'ombre et de lumière, qui les baignaient, les formes les plus étranges, les plus variées : palais aux mille colonnes de diamant, aux tourelles, aux clochetons aériens, mosquées aux minarets élancées, églises aux coupoles, aux dômes d'or fauve, villes, châteaux, forteresses, montagnes aux cimes neigeuses, et cela variant, changeant à l'infini...

Wasilika et ses enfants, qui n'avaient jamais vu la mer que dans le golfe de Finlande, considéraient cette immensité terrible avec un étonnement craintif et respectueux.

— Que c'est beau! murmuraient-ils en joignant les mains.

— Dans quelques jours, grâce au vent de terre qui souffle en ce moment, dit Alexis, toute cette magie aura disparu, tous ses palais merveilleux, mais fragiles, ces créations de l'hiver se seront fondus, effondrés; et la mer immense et libre ira baigner ce pôle mystérieux, si longtemps et si inutilement cherché!...

Plus pratique, Bolsko cherchait des yeux une réunion de huttes, un village, où l'on put attendre en sûreté l'apparition des premiers navires.

Mais rien...

L'été, les côtes de la mer Glaciale se peuplent pour quelques mois de Samoyèdes pêcheurs, de commerçants moscovites qui reviennent habiter les isbas qu'ils se sont construites dans ces tristes parages et trafiquent — au moyen d'échanges — avec les indigènes et de matelots, pêcheurs de morses et de veaux marins, qui campent à terre toute la saison.

Mais, c'est ordinairement, nous l'avons dit déjà, à l'embouchure des fleuves et des rivières que s'élèvent ces campements temporaires.

Les fugitifs s'étaient péniblement hissés au sommet d'une falaise de glace, dont les parois presqu'à pic plongeaient dans la mer. De là on dominait une grande étendue de pays, qui apparaissait morne et solitaire, aussi loin que le regard pouvait s'étendre...

Tout à coup, Bolsko poussa un cri de stupeur.

— Eux! cria-t-il. Eux!...

Electrisés, ils regardèrent. Dans le lointain apparaissait une troupe de cavaliers... ils étaient trente au moins!... Il était impossible de conserver d'illusions : c'était Grégory et sa bande qu'il avait renforcée dans quelque poste des environs.

La lutte était impossible, il fallait fuir.

Mais comment? Devant eux la mer immense où n'apparaissait aucun navire; derrière eux les Cosaques qui se rapprochaient toujours.

Bolsko se frappa le front.

— Vite les haches, les provisions, la tente et venons! dit-il.

Quoique ne connaissant pas son projet, les fugitifs, galvanisés par l'imminence du péril, obéirent sans hésiter. Leur eût-il fallu, pour échapper à leur odieux persécuteur, traverser un brasier ardent qu'ils l'eussent fait. S'emparant de leurs armes, de quelques provisions qui leur restaient, ils suivirent Bolsko qui leur fit contourner la falaise et se dirigea vers la mer.

Les poursuivants étaient loin encore. C'est un des avantages des régions polaires, d'apercevoir tout proche de soi les objets les plus éloignés. Alexis portait Dimitri, Andreanow Yegor; les deux femmes suivaient conduites par Bolsko.

Après un quart d'heure de marche, ils atteignirent le rivage. D'un coup d'œil rapide Bolsko inspecta les environs, puis, découvrant un glaçon gigantesque, s'avançant comme un fer de lance dans la mer, il fit signe aux fugitifs de s'y réfugier.

— Mais c'est de la folie! s'écria Alexis. Tu veux donc nous acculer à la mer, rendre toute résistance impossible?...

— C'est le salut! dit le bohémien. Ce promontoire est fait de vieille glace qui tient à peine à la terre par une bande étroite. L'avant flotte déjà... en quelques coups de hache nous l'aurons dégagé.

— Et après?...

— Après?... A la grâce de Dieu!...

Il n'y avait pas à hésiter. Mieux valait cette entreprise hasardeuse, insensée, mais qui, sur mille, avait une chance de réussite à la perspective des mines... Chacun le comprit. Les deux femmes, les enfants, Ismaël s'engagèrent les premiers, et les hommes, levant leurs haches, attaquèrent résolûment l'étroite bande de glace qui les retenait seule à la terre.

La glace craquait; on la sentait trembler et vaciller sous les pieds.

— Hurrah! cria Bolsko, nous sommes libres!...

— Pas encore! fit une voix ironique. A moi vous autres!

Et un homme bondit sur le glaçon : Grégory Michaëlanoff! Mettant la main sur l'épaule d'Alexis, il s'écria d'une voix stridente :

— Au nom du czar, je vous arrête tous!...

Les Cosaques, que l'espion avait devancés, accouraient leurs longues lances en arrêt.

— Trop tard! dit seulement Alexis.

En effet, sous les efforts désespérés des aventuriers, le glaçon s'était peu à peu détaché de la terre. Ebranlé par tant de secousses, il ne tenait presque plus. L'arrivée brutale, impétueuse de Grégory Michaëlanoff hâta encore la catastrophe prévue, et, emporté par le vent et le courant, l'étrange navire s'éloigna rapidement des côtes.

— C'est toi qui es notre prisonnier! dit encore Alexis.

— Malédiction! rugit l'espion, tout tremble, tout s'écroule!...

Et il regarda prêt à s'élancer; mais déjà la distance qui séparait le glaçon de la terre s'était accrue. Il tendit les bras vers le rivage, appela ses hommes, les conjura d'accourir... Que pouvaient-ils faire? pas une barque, pas un canot samoyède dans les environs...

Alors, aussi lâche dans la mauvaise fortune qu'il était cruel, arrogant dans la prospérité, il pleura, grinça des dents, implora Dieu, Satan, le ciel et l'enfer.

Peine inutile, lamentations stériles, le glaçon fuyait toujours!

Groupés les uns près les autres, les fugitifs assistaient impassibles à ces éclats impuissants.

— Il faut donc mourir!... s'écria Grégory. Mourir!... non, c'est impossible!... Je ne veux pas!... A moi!... Ils ne m'entendent pas, les lâches!... Tant de peines, de fatigues, et tout cela pour rien?... Pour rien! malédiction! je ne mourrai pas sans vengeance...

Et, passant de l'abattement le plus profond au paroxisme de la rage, il saisit brusquement le pistolet suspendu à sa ceinture, et, visant Alexis, pressa la détente...

Celui-ci, qui suivait les mouvements de l'espion, se jeta de côté et évita la balle qui alla frapper Ismaël à la patte. Poussant un grognement terrible, l'ours se dressa sur ses pattes de derrière; ses yeux s'incendiaient de lueurs farouches et fixaient le visage de l'espion; on eût dit qu'il devinait, qu'il sentait que cet homme était le meurtrier d'Ismaëloff.

— Grâce! implora Grégory.

Mais, quand bien même les fugitifs eussent voulu s'interposer, il était trop tard... Le fauve s'était précipité sur l'espion, et, le saisissant dans ses pattes redoutables, le broya comme du verre.

Le combat était fini, la curée allait commencer...

Mais les fugitifs ne purent supporter ce spectacle horrible, voir ces chairs, pantelantes encore, déchirées sous la griffe du fauve... Au risque de subir le même sort, Bolsko s'interposa entre Ismaël et sa victime, et, poussant le cadavre du pied, le précipita dans la mer.

L'ours eut un grognement de rage; mais ce fut tout.

Alors ils se regardèrent, pâles encore des péripéties de ce drame terrible, accompli avec une rapidité effrayante.

— Ne plaignons pas cet homme, dit enfin Alexis d'une voix grave . c'est Dieu qui l'a frappé !...

Poussé par le vent et le courant, le glaçon dérivait toujours...

***

Un silence de mort planait sur le glaçon jouet des vents et des flots.

Tant qu'avait duré la lutte contre les hommes, le pays lui-même, la fièvre avait soutenu les fugitifs. Maintenant leur ennemi n'était plus; ils avaient quitté le sol moscovite; ils n'étaient justiciables que de Dieu qui tenait en main leur destinée à tous, et, pourtant, loin de célébrer leur triomphe par des cris, des vivats joyeux, ils se regardaient, mornes, affaissés, plus semblables à des spectres qu'à des hommes...

C'est que, l'exaltation de la lutte passée, ils comprenaient toute l'horreur de leur position... Ils étaient sept sur un glaçon de quelques pieds carrés, abandonnés, perdus, presque sans ressource. Combien de temps pouvait durer ce voyage insensé? Sous l'action du soleil, le glaçon ne fondrait-il pas? poussé par les vents impétueux, n'irait-il pas se briser contre les rochers de quelque terre inconnue? En supposant même qu'il résistât à l'action combinée des flots et de la chaleur, vers quel point vogueraient-ils? les vivres étaient-ils suffisants?...

Terribles questions qui brûlaient toutes les lèvres et que personne n'osait formuler.

Ce fut Alexis qui, le premier, aborda franchement la question.

— Du courage! dit-il, notre position n'est pas aussi désespérée que nous le pensons. Combien de voyageurs se sont comme nous trouvés sur une glace en dérive, et qui pourtant ont revu la terre? Rappelez-vous l'aventure arrivée aux hommes du *Polaris*, navire américain en voyage scientifique, qui ont accompli, dans les mêmes conditions que nous, une longue traversée sur un glaçon avant d'être recueillis par la *Tigresse*. Rappelez-vous le lieutenant Belot, un Français, qui devait finir si tristement. Et combien d'autres ont eu le même sort et se sont vus miraculeusement délivrés?... Du courage donc, je vous le répète! Avec l'assistance de Dieu, nous nous en tirerons.

— Où pouvons-nous être? demanda Wasilika.

— Autant qu'on le peut supposer par la route que nous avons suivie, reprit Alexis, nous devons nous trouver entre le cap Préobrajénia, à l'embouchure du fleuve Khatanga et le delta de la Léna. Si ce vent de sud-ouest continue, nous pouvons être jetés sur les côtes de l'île Kotelnoï ou de l'île Stolbovoï qui font partie de l'archipel de la nouvelle Sibérie.

— Des îles désertes! observa Bolsko.

— Oui, mais qui, dans cette saison, abondent en oiseaux de mer, en phoques, en veaux marins, qui sont constamment visitées par les équipages des navires baleiniers, dit encore Alexis. D'ailleurs, nous n'avons pas le choix. Tout ce que nous pouvons, c'est de nous confier à Dieu et d'essayer d'améliorer notre position par tous les moyens en notre pouvoir.

Ces paroles étaient sages. Après s'être recommandés à Dieu, les fugitifs se mirent en devoir d'élever la tente, de rassembler toutes leurs provisions, en un mot de rendre leur demeure forcée, aussi confortable que possible.

Par bonheur l'été s'avançait et les froids n'étaient pas à craindre. Comme vivres, on possédait quelques paquets de poissons séchés, une vingtaine de livres de chair d'ours boucanée, du thé et trois ou quatre bouteilles de vodki. C'était peu; mais pour le moment du moins la nourriture était assurée.

D'ailleurs la vue de la mer Glaciale, en leur donnant de continuelles distractions, empêchait les fugitifs de s'apitoyer sur leur sort. C'était si beau! Ces banquises, à la cime éclairée de mille feux, se désagrégeant lentement, s'écroulant en une poussière de diamant; ces ice-bergs monstrueux qu'on eût dit taillés par une main habile et amie du merveilleux, reflétant, comme des blocs du plus pur cristal, tous les tons du spectre solaire, glissant rapides sur les eaux, se suivant, se choquant avec des explosions terribles, tout cela n'était-il pas prodigieux, sublime?...

Autour des glaciers voletaient par bandes immenses des mouettes bleues, des pétrels, des ptarmigans, des canards, des oies sauvages aux cris assourdissants; sur les immenses ice-fields, tenant encore à la terre, dormaient nonchalamment étendus des morses, des lamentins, des phoques barbus; parfois le dos noir d'une baleine émergeait comme un îlot rocheux du manteau bleu des eaux, et des jets diversement colorés jaillissaient de ses évents et retombaient en cascades étincelantes.

Ailleurs de terribles grognements annonçaient la présence du seigneur des régions polaires, et, debout sur ses pattes de derrière, drapé dans son épaisse fourrure blanche, lorsqu'il apparaissait au fond des fiords noyés d'ombre, on eût pu le prendre pour quelque pêcheur samoyède.

Le soleil, haut et chaud, prêtait sa magie à ce décor qu'il modifiait sans cesse; il était sorti vainqueur de sa lutte contre les ténèbres, et, pendant trois mois, ne devait plus quitter l'horizon.

L'étrange radeau continuait de voguer vers le nord-ouest, et, déjà la terre, avec ses blanches falaises de glace, n'était plus qu'une ligne bleuâtre au loin, un point qui s'éloignait et finissait par se perdre dans l'espace. Alors les fugitifs navrés, désespérés se regardèrent encore; ils étaient seuls, seuls sur un sol mobile que le soleil, les tempêtes peut-être, pouvaient détruire, submerger, réduire en poussière; seuls, avec l'abîme sous leurs pieds, l'immensité devant eux...

— Non! s'écria Alexis; non, Dieu nous voit et sa main étendue sur nous saura nous protéger contre tout péril. Espérons!

— Espérons! répétèrent-ils.

Mais l'espérance, cette douce compagne de ceux qui souffrent, cette consolation suprême des affligés, l'espérance, elle-même, fuyait loin d'eux.

Ils n'avaient donc échappé aux mines de la Sibérie, à la haine de Grégory Michaëlanoff, que pour périr misérablement! En supposant même que le glaçon résistât, n'avaient-ils pas un autre ennemi plus cruel, plus redoutable à combattre : la faim !...

Ismaël, quoique blessé à la patte, inquiet, fiévreux, arpentait en tous sens l'étroit domaine qui était maintenant tout l'univers des fugitifs; tantôt il s'accroupissait, et, pendant de longues heures, regardait fixement la mer; tantôt il revenait près de ses maîtres, et semblait leur demander compte de cette étrange navigation.

— Pauvre Ismaël ! murmurait Stephania, en flattant de la main la grosse tête du fauve; tu nous es resté fidèle, toi; tu partageras notre sort jusqu'au bout...

Un grognement fut toute la réponse du monstre.

— Soupons, dit alors Bolsko; c'est ce que nous avons de mieux à faire.

On s'assit en rond et on se partagea quelques bouchées parcimonieusement mesurées : ne fallait-il pas penser à l'avenir? Par bonheur les fugitifs possédaient encore quelques bouteilles de vodki; ils purent faire bouillir la *samovar* et confectionner un peu de thé; quant à la chair boucanée, on la mangea telle quelle était, sans aucune préparation.

L'eau, non plus ne manquait pas; l'énorme bloc de glace était là, et il suffisait d'en détacher quelques morceaux, d'en remplir la samovar qu'on exposait au soleil, pour obtenir autant d'eau potable qu'on en pouvait consommer.

On sait que — en se formant — la glace subit un travail d'épuration qui la débarrasse complètement de différents sels que l'eau de mer tient en suspens; ces sels se précipitent dans les couches des flots que ne peut atteindre la congélation, les glaces flottantes ne sont donc composées que d'eau potable.

On est toujours sûr, dans les mers polaires, de ne pas mourir de soif; de faim, c'est autre chose.

Bolsko et Alexis, enfants du nord, n'ignoraient aucune de ces particularités.

Ils savaient aussi que les glaces des mers polaires sont excessivement résistantes; qu'il n'est pas rare de rencontrer des blocs que la chaleur du soleil ne peut dissoudre; que les baleiniers en juillet et même en août, ont aperçu des banquises en dérive bien au-delà du cap Farewell, dans des régions relativement plus élémentées, et cela les rassurait un peu sur la solidité de leur étrange navire.

Pourtant, on l'a vu, ils n'étaient pas sans éprouver de terribles appréhensions.

— Le glaçon accostera bien quelque part, dit Alexis à Bolsko, et dans cette saison, ces mers sont trop fréquentées pour que nous n'ayons pas l'espérance d'être aperçus et recueillis. Ce n'est qu'une question de temps, et voilà ce qui m'épouvante, car combien de temps dureront nos maigres provisions?...

Le Tzigane ne répondit pas d'abord.

— Il nous restera toujours une ressource suprême, dit-il après quelques minutes d'un pénible silence.

— Laquelle?

— L'ours!...

— Tu as raison, frère.

En ce moment un changement s'opéra dans la marche du radeau, changement que les fugitifs remarquèrent, grâce à la boussole que Bolsko avait conservée. Le vent subitement avait sauté; impétueux, violent, il soufflait de l'ouest et poussait rapidement le radeau vers les régions de l'est.

Tout espoir d'atteindre les îles de la nouvelle Sibérie venait de s'évanouir.

On cacha aux femmes et aux enfants cette nouvelle et cruelle déception.

La mer avait changé d'aspect aussi. De calme qu'elle était quelques heures auparavant, elle se faisait houleuse et agitée, et roulait de grosses vagues frangées d'écume qui, poussant les montagnes flottantes, les faisaient vaciller de la base au sommet, les précipitaient les uns sur les autres, collisions terribles, sinistres, accompagnées d'explosions semblables à celles de la foudre...

Et les blocs se heurtaient, s'effondraient en une poussière de diamant...

Les fugitifs voyaient tout cela, pâles, tremblants, les cheveux hérissés, la sueur de l'angoisse au front. Parfois, il leur semblait qu'ils couraient eux-mêmes à la rencontre d'un ice-berg, et ils retenaient leur souffle, car un pareil abordage eut été la mort...

Le grand courant des côtes sibériennes change à chaque saison. L'été il court de l'est à l'ouest; l'hiver ou plutôt l'automne de l'ouest à l'est. Or, on était en été, et le radeau de glace filait pourtant vers l'est...

— C'est incompréhensible ! murmura Andreanow.

Alexis lui montra les ice-bergs qui accidentaient les flots; tous ne suivaient pas la même direction; beaucoup couraient à la rencontre les uns des autres, ce qui expliquait les fréquentes collisions.

— Pourquoi cela? demanda encore le jeune homme.

— Parce que, de même que dans les couches de l'atmosphère, à une certaine profondeur, il existe dans les couches sous-marines plusieurs courants filant en sens contraire, répondit Alexis. Or, la marche des ice-bergs dépend entièrement de leur hauteur, c'est-à-dire de la partie immergée, — car tu sais que plus une de ces montagnes mouvantes est élevée, plus il lui faut de profondeur pour flotter — qui rencontre tel ou tel courant, plus ou moins fort, plus ou moins impétueux. Notre glaçon est large, élevé, il lui faut donc une profonde immersion, et, le courant qui agit à la surface, plus faible sans doute, contrarié par le vent, n'a aucune influence sur lui.

Andreanow hocha la tête; il n'avait pas compris.

XI

Jours de souffrances

Cependant le temps se couvrait de plus en plus. D'énormes nuages noirs, parfois lavés d'un blanc sale ou veinés de lignes de feu, obscurcissaient le disque brillant du soleil, et répandaient sur cette nature désolée une obscurité sinistre. Le vent soufflait avec une violence inouie, creusant de profonds sillons dans les flots, élevant des vagues gigantesques qui se précipitaient les unes sur les autres, ou se suivaient à la file comme des chevaux de course, dressant leurs crêtes mobiles et couronnées d'écume. C'était la désolation, c'était l'horreur.

On entendait par moment d'horribles détonations, d'éclatantes explosions : c'étaient les banquises, les ice-bergs qui se rencontraient, s'émiettaient, éparpillant une fine poussière de glace, que le vent emportait et chassait au loin.

— La tempête! crièrent les fugitifs effrayés.

Et, cramponnés au sommet du glaçon, les lèvres blêmes, les dents serrées, brutalement mouillés par la lame ou soulevés par le vent impétueux, ils priaient, s'attendant à chaque minute à sentir leur fragile radeau s'effondrer sous leurs pieds, disparaître dans un abîme sans fond.

Soudain, Alexis poussa un cri de joie.

— Voile! cria-t-il.

Était-ce une réalité? un fantôme créé par son imagination surmenée? Le ciel soudainement s'était découvert, et dans la bande rouge, embrasée qui formait l'horizon, la blanche voilure d'un navire se découpait nettement.

Chassés par la rafale, les nuages se rejoignirent bientôt, et cette voile, qui s'était un instant montrée au milieu des horreurs de la tempête, comme une promesse de délivrance, ne reparut plus.

Pourtant la confiance inondait tous les cœurs, et, quoi qu'il n'y eut guère de possibilité que ce navire, s'il existait réellement, fuyant lui-même devant le temps, put venir à eux, les fugitifs croyaient, espéraient.

Les yeux fixés sur l'horizon, insensibles aux rudes assauts de la lame, aux âpres caresses de l'ouragan, ils attendaient, guettaient une éclaircie qui leur permit de revoir le navire sauveur.

Mais il ne reparut plus.

***

Huit jours se sont passés. Lassée de ses rages folles, fatiguée de détruire, de broyer sans cesse, la tempête s'était calmée avec une soudaineté qui n'égalait que sa violence, et le soleil, éclairant de nouveau les flots bleus, scintillants, presque entièrement débarrassés de glaces, semblait plus beau, plus grand, après de telles horreurs.

Pourtant le glaçon qui portait nos fugitifs, grâce à ses énormes dimensions, grâce sans doute à une protection qui n'était pas de ce monde, avait résisté. Mais, si la lutte avait été glorieuse, la victoire aussi avait été chèrement payée : bouleversé, mutilé, le glaçon n'était plus que la dixième partie de lui-même.

Et le soleil de plus en plus chaud, la mer, calme et tiède, ajoutaient chaque jour à l'œuvre de destruction.

Mais qu'importait aux fugitifs! Ils se savaient condamnés! Cette voile à peine entrevue pendant les horreurs de la tourmente, cette voile sur laquelle se basaient tant de fiévreuses anxiétés, tant de folles espérances, cette voile n'avait pas reparu.

Ils étaient là, couchés au centre du glaçon, pâles, émaciés, tremblant de fièvre et de froid, malgré la clémence de la température. Leur tente avait été enlevée par la rafale. Qu'importait encore! Y songeaient-ils seulement? Non; l'ennemi qui les terrassait n'était pas le doute, le découragement contre lesquels une nature puissante peut encore réagir. Non; c'était plus horrible, plus affreux : ils avaient faim.

Depuis trois jours, aucun aliment ne s'était approché de leurs lèvres; depuis trois jours, ils étaient là, étendus sans force, sans volonté, appelant la mort, et la mort inexorable les faisait attendre...

Seul, Ismaël qu'un reste de force animait encore, arpentait inquiet, irrésolu la faible étendue du glaçon. Par moment ses yeux brillants comme des charbons et dans lesquels passaient des lueurs vertes, sinistres, se fixaient sur tous ces corps sans mouvements. Peut-être la faim avait-elle étouffé les instincts d'affection, de soumission que le monstre éprouvait pour ses maîtres? peut-être n'attendait-il que leur mort pour se repaître de leur chair sanglante...

Le ciel était beau pourtant, lumineux, sans tache, une douce brise passait sur les flots calmes et unis, et leur arrachait des bruissements plaintifs et harmonieusement cadencés...

La nature, par une sanglante ironie, semblait se faire belle, radieuse, comme pour mieux éclairer l'agonie de ces malheureux.

Le glaçon dérivait toujours.

Soudain, un de ces spectres se dressa sur son séant :

— Alexis! appela-t-il d'une voix faible.

— Pourquoi me réveiller, Bolsko?... Je dormais, j'étais heureux. Il me semblait que toutes nos souffrances finissaient. Où étions-nous? Je ne sais. Mais partout des arbres au feuillage vert, courbant leurs rameaux chargés de fruits savoureux; partout coulaient des sources limpides, chantaient des oiseaux... Et, assis sur le gazon vert, nous mordions à pleines dents dans ces fruits savoureux... nous buvions cette eau pure dans des coupes de cristal...

Accroupi à quelques pas de là, l'ours dardait sur les deux hommes des regards sinistres.

— Ce n'était qu'un rêve! poursuivit Alexis. Ah! Bolsko, je suis bien coupable, et voilà ce qui m'abat, car, seul, j'aurais peut-être résisté plus courageusement aux souffrances. Ce qui me tue, reprit-il, c'est cette pensée affreuse, horrible, la pensée de vous avoir tous entraînés dans mon malheur... Fou que j'étais de rêver une liberté qui nous perd tous!... S'échappe-t-on des mines?... S'échappe-t-on de l'enfer?

— Frère! dit le bohémien, que cette sombre exaltation épouvantait.

— Oui, je me reprocherai éternellement... Eternellement!... Que dis-je?... Je me reprocherai jusqu'à mon dernier soupir de vous avoir écouté, d'avoir fui... Bolsko, tu dois bien me haïr!... déjà je suis la cause de la mort de ton fils adoptif... dans quelques heures peut-être tu pourras me reprocher la mort de ta fille, de ton fils!... Horrible! horrible!... Tiens, regarde ces femmes, ces enfants... ils râlent, ils vont mourir... tués, tués par ma faute!...

L'ours grogna sourdement.

— Nous avons pourtant tenté tout ce qu'il était humainement possible de tenter, dit Bolsko, après un court silence. Tant que nous avons pu, nous avons retranché sur nos parts pour les nourrir... Malgré tous nos efforts, l'heure fatale a sonné pour eux, pour nous... Frère, c'était notre destinée!... A ma dernière heure, comme maintenant, je te dirai : « Je ne t'en veux pas : on ne peut pas vaincre la fatalité!... »

Ismaël paraissait avoir pris son parti : il exhala un deuxième grognement plus terrible et se dressa comme pour bondir.

— Frère, dit Alexis, voilà la mort...

— Non, s'écria Bolsko, c'est la vie...

Et, dégageant précipitamment son revolver, il visa le monstre au cœur. Sa seule crainte était que la poudre fût mouillée. Le coup partit, suivi de trois autres. Blessé dangereusement, le fauve oublia tout, affection, reconnaissance, et fondit sur lui. Bolsko l'attendait de pied ferme; jetant son revolver, il étreignit son couteau, et, profitant du moment où Ismaël étendait les pattes pour le saisir, il se jeta de côté, étendit le bras, et lui planta la lame entière dans le dos.

L'ours, foudroyé, tomba sans pousser un cri; la lame lui avait traversé le cœur.

— Ton fidèle gardien? fit Alexis.

— Lui ou nous, c'était fatal! répondit le bohémien. N'as-tu pas vu les regards de feu qu'il dardait sur nous!... Si je ne l'avais pas prévenu, notre perte était assurée..

Et, il ajouta avec un triste sourire

— Quelques jours de gagnés... peut-être la délivrance!...

— Peut-être! répondit Alexis.

Tous deux se penchèrent, tous deux s'abreuvèrent longuement, avec sensualité dans le sang qui coulait abondamment des blessures du monstre. Le pauvre Ismaël n'était plus que l'ombre de lui-même : tant de privations l'avaient anéanti lui aussi. Mais tout maigre, mais squelette qu'il était, il pouvait nourrir pendant quelques jours les fugitifs, et, Bolsko l'avait dit, ces quelques jours c'était la délivrance peut-être.

— Stephania, Wasilika, Andreanow! appela Bolsko; venez...

Tous ces spectres s'agitèrent, tous ces affamés se précipitèrent sur le cadavre de l'ours. Alors il se passa une scène dont le *réalisme* défierait la plume la plus osée, le pinceau le plus habile : un vrai repas de cannibales, où le sang coule, où les dents s'enfoncent dans la chair tressaillante encore... Après avoir vu la mort de si près, on avait encore l'espérance de vivre, d'attendre...

— Béni, soit Dieu! s'écria Alexis d'une voix émue; nous serons sauvés...

Et tous répétèrent :

— Béni, soit Dieu!...

Le glaçon voguait toujours sur la mer calme et azurée, emportant les fugitifs vers des régions inconnues.

Et, de même qu'un rayon de soleil, brillant soudain au milieu des horreurs d'une tempête, porte la joie et l'espérance dans tous les cœurs; les fugitifs, ranimés, réconfortés, osèrent, pour la première fois, depuis bien longtemps, s'abandonner à des rêves d'espoir, de délivrance.

* * *

Le 25 juillet de la même année, le trois-mâts-brick, de

San-Francisco, *Alaska*, pris par des vents contraires, louvoyait péniblement entre le cap Iakan et la terre de Wrangell.

C'était un beau navire aux flancs larges et rebondis, à la mâture fine et élancée, jaugeant de six à sept cents tonneaux, et spécialement constuit pour les mers arctiques. L'équipage se composait de vingt hommes, tous soigneusement triés sur le volet et était commandé par le capitaine Allen Plower, un vieux loup de mers glaciales.

Depuis qu'il avait embouqué le détroit de Behring, le trois-mâts avait été sans cesse assailli par des tempêtes et des vents contraires. Néanmoins, avec un flegme, une ténacité toute américaine, le digne Plower n'avait pas modifié sa route d'une ligne, et il espérait promptement atteindre le cap Kolynia, à l'embouchure de la rivière de ce nom, son point de station ordinaire pendant la saison de pêche.

Le trois-mâts, grâce à la solidité éprouvée de sa construction, à l'habileté de son capitaine, n'avait pas trop souffert de la tempête qui, deux semaines auparavant, avait sévi avec tant de violence sur les côtes sibériennes. L'équipage était plein d'ardeur et de bonne volonté; la saison de pêche s'annonçait sous les meilleurs auspices.

Au moment où nous mettons le pied sur le pont de l'*Alaska*, le capitaine et le second, William Bracdook, prenaient le frais à l'arrière tout en causant de leurs affaires.

— L'*Alaska* marche bien! disait master William.

— Oui, le temps est admirable aussi, répondait le vieux Plower; mer maniable, bonne brise quoique contraire; mais le trois-mâts remonte bien au plus près.

Et, levant les yeux, il s'aperçut que la toile mollissait.

— Loffe! cria-t-il au timonier.

Un coup de barre ramena le navire dans la direction du vent.

— Oui, bon navire! reprit Plower en allumant un cigare.

— Glaçon à l'avant! cria au même instant la vigie placée en observation dans le *nid de pie*.

Les deux officiers sautèrent sur le rouffle, et, ajustant leurs longue-vue, regardèrent dans la direction indiquée.

D'abord, ils ne virent rien, l'objet visible pour la vigie, échappait encore à leurs regards. Mais, le navire se rapprochant toujours, ils finirent par distinguer un glaçon informe, à peine élevé au-dessus des eaux, s'avançant rapidement à leur rencontre.

Il fallait le surveiller pour empêcher un choc qui eut pu endommager le trois-mâts.

Cependant le glaçon devenait de plus en plus visible. Soudain le capitaine Plower eut un cri de surprise : sur cette masse mouvante, jouet des vents et des flots, il lui semblait voir plusieurs corps étendus.

— Monsieur William, dit-il au second, voyez-vous comme moi?

— Oui, capitaine; ce glaçon porte des hommes.

— Des cadavres plutôt, rien ne bouge.

— La distance, capitaine.

— Attendons, monsieur William.

— Attendons, capitaine.

Ils n'attendirent pas longtemps; poussé par le vent, le glaçon avançait rapidement, et, bientôt, ils purent compter sept corps étendus, comme si la mort avait passé par-là...

Les Américains ne brillent pas par la sensibilité! Mais là, il y avait un intérêt immédiat : ces hommes faisaient peut-être partie de quelque expédition scientifique en détresse, et en ce cas, il y avait gloire à les secourir; peut-être n'étaient-ce que de malheureux pêcheurs samoyèdes, emportés sur leur glaçon par un ouragan ; dans un cas comme dans l'autre Plower ne pouvait hésiter, tant est grande la solidarité qui unit entre eux les gens de mer, à quelque nation qu'ils appartiennent.

— La chaloupe à la mer ! ordonna-t-il.

Et, pendant que les matelots exécutaient cet ordre, il courut à sa cabine, d'où il revint chargé de chaudes couvertures, d'un flacon de rhum et de quelques biscuits...

— La chaloupe est à flot, capitaine, vint dire le maître d'équipage.

— Bien ! répondit Plower. Venez-vous, monsieur William ?

— A vos ordres, capitaine

Saisissant une amarre, ils se laissèrent glisser dans la chaloupe.

Quatre matelots vigoureux maniaient les avirons.

Le trois-mâts venait de changer son bord et s'éloignait dans une autre direction.

— Nage ferme, garçon ! commanda Plower.

Les hommes se courbèrent sur les avirons, et firent si bien qu'en moins d'un quart d'heure ils accostaient le glaçon.

Le capitaine ne s'était pas trompé ; sur cet étroit espace sept corps étaient étendus, et, chose horrible, il y avait là des femmes et des enfants...

— Tous morts ! dit-il tristement.

— Non, répondit William qui s'était baissé, et, appuyant la main sur la poitrine d'un de ces malheureux, avait senti son cœur battre ; non, ils vivent...

Et, desserrant de force les dents de l'inconnu, il lui fit prendre quelques gorgées de rhum.

Brusquement il se redressa comme galvanisé, et, portant la main à sa poitrine, murmura :

— J'ai faim !!!...

Les Américains se regardèrent tristement :

— Que de souffrances !... murmurèrent-ils.

— A l'œuvre, ajouta Allen, nous pourrons peut-être les sauver.

Tous vivaient en effet, mais à quel degré d'épuisement cette chose horrible qu'on nomme la faim, les avait-elle réduits !... Les matelots les prirent dans leurs bras, les enveloppèrent chaudement dans les couvertures et les déposèrent avec mille précautions au fond de la chaloupe ; puis, saisissant les avirons, ils nagèrent vigoureusement vers le trois-mâts qu'ils accostèrent bientôt.

Une heure après, reconfortés par quelques gorgées d'un vin généreux, d'un bouillon nourrissant préparé spécialement pour eux, les inconnus renaissaient à la vie.

— Qui êtes-vous? demanda alors le capitaine en Anglais.

N'obtenant aucune réponse, il répéta sa question, mais en français cette fois.

— Des Russes ! répondit un des inconnus en excellent français. Je m'appelle Alexis Rouvanoff ; je suis évadé des mines de la Sibérie...

— Evadé des mines ! répétèrent le capitaine et le second stupéfaits. Mais les autres?...

— Cette femme est ma sœur, ces enfants sont mes neveux, dit encore Alexis. Quant aux autres continua-t-il, d'une voix vibrante d'émotion, comment les appellerai-je?... Peut-on qualifier un aussi admirable dévouement?... Seuls, ils m'ont arraché de l'enfer où un arrêt inique m'avait jeté... ils ont partagé mes souffrances, mes déceptions... ils sont mes frères !

En même temps, il ouvrit ses mains amaigries que Bolsko, Andreanow, Stephania pressèrent en pleurant...

Puis il raconta en quelques mots, aux deux officiers qui

l'écoutaient surpris leur long voyage à travers les steppes et les montagnes; il parla des souffrances terribles qu'ils avaient endurées, raconta comment après avoir consommé jusqu'à la dernière bouchée de chair d'ours qu'il leur restait encore, ils s'étaient étendus sur le glaçon pour y mourir...

— Rassurez-vous, Alexis Rouvanoff et vous aussi, mes pauvres amis, vous êtes sauvés... Le pavillon étoilé protége ce navire qui sera pour vous ce que serait le sol de la libre Amérique, c'est un asile sacré, inviolable...

— Merci! s'écria Alexis en pressant la main du capitaine; merci pour eux, merci pour moi...

L'*Alaska* filait toujours sous bonne brise; au loin, on apercevait encore le glaçon qui, si longtemps avait porté les fugitifs; ce n'était plus qu'un point brillant, qu'un rayon de soleil frappait en plein et faisait ressembler à une étoile d'or; puis tout disparut, tout se fondit dans l'espace.

Quelques jours plus tard le trois-mâts avait gagné sa station de pêche; les fugitifs étaient toujours à bord.

CONCLUSION

Trois mois après, c'est-à-dire en septembre 187... après une pêche heureuse, le trois-mâts *Alaska* quittait les rives de la mer Glaciale et se lançait à pleine voile dans le détroit de Behring, à jamais fameux, depuis le célèbre voyage du professeur Nordenskiold.

Successivement, il doubla le cap est qui appartient à l'Asie, le cap du Prince de Galles qui fait partie de l'Amérique, puis le cap Tchouktski ou du Tschouktches, encore à l'Asie.

Devant lui s'ouvrait la mer de Behring; au-delà le Pacifique immense.

Avec quelle joie les fugitifs saluèrent d'un dernier regard ces côtes arides, tourmentées qui, s'enfonçant dans le lointain, se fondaient peu à peu dans une brume vaporeuse que traversaient des lignes d'or! N'était-ce pas l'esclavage, n'était-ce pas la persécution qu'ils fuyaient ainsi?...

— Libres! murmurait Alexis la poitrine gonflée, les narines dilatées; libres!...

Et prenant la main de Bolsko, il ajouta :

— Et toi, mon frère, n'as-tu pas renoncé à ton projet?... Après avoir partagé nos périls, nos angoisses, ne veux-tu pas partager les jours heureux qui nous attendent maintenant?...

Le bohémien secoua tristement la tête.

— Non, répondit-il d'une voix sourde. Il m'en coûte beaucoup Alexis de me séparer de toi; mais une voix plus puissante parle en moi : la voix de la liberté. Quoi qu'un semblant de civilisation ait passé sur nous, nous sommes encore des nomades, des bohémiens à qui manquent dans vos villes et l'air et l'espace. Andreanow, Stephania ne sont pas faits pour cette vie, ils s'étioleraient, se faneraient faute d'air et de mouvement. Laisse-nous nos grands fleuves, nos steppes immenses où sont toutes nos affections, où dort le pauvre Ismaëloff!... Notre pensée sera toujours avec toi, frère, que cela te suffise...

Stephania et Wasilika s'entretenaient de même, et, malgré tout son chagrin, de même que son père, la jolie bohémienne se montrait inébranlable.

— Non, disait-elle tristement, nous ne te suivrons pas, c'est impossible. Nous ne sommes pas créées pour la même vie, Wasilika. Près de toi, je suis une sauvage, une bohémienne; laisse donc la bohémienne suivre sa voie; n'essaye pas de lui ravir son seul bien; sa liberté...

— Qu'il en soit donc ainsi! murmura Wasilika; mais, après tant de jours passés ensemble, cette séparation me semblera bien cruelle.

— Et à moi, sœur! Mais tu penseras à moi; tu répéteras souvent mon nom à tes enfants qu'ils n'oublient pas qu'ils ont au loin une sœur dévouée qui les aime, qui prie pour eux.....

— Je te le jure! répondit Wasilika tout en larmes.

Après une heureuse et courte navigation, le trois-mâts américain entra dans le port de San-Francisco.

Le moment terrible était venu. Alexis voulut forcer Bolsko à prendre sa part des roubles qui lui restaient encore. Mais le bohémien résista énergiquement.

— Non, dit-il, donne-moi seulement deux ou trois cents roubles, ce sera suffisant pour nous permettre d'attendre ici un navire faisant voile pour Nicolaïef (1) et payer notre passage sur ce navire.

— Nicolaïef! s'écria Alexis. Ta horde habite le long du Volga; tu as donc l'intention de traverser encore toute la Sibérie, en hiver?...

— On voyage mieux en hiver, Alexis; les traîneaux vont plus vite que les charrettes. Et puis, il faut te le dire, j'ai promis à mon vieil ami Boris Lietuanieff de passer l'hiver à Iakoustk.

— A Iakoutsk! répéta Alexis de plus en plus surpris; tu ne crains donc rien après ce qui est arrivé.

— Grégory est mort! fit le bohémien d'une voix sombre; tout est oublié.

Il fallut en passer par où l'entêté Tzigane le voulait.

Enfin l'heure fatale sonna. Les Rouvanoff, les larmes aux yeux embrassèrent tendrement Bolsko et ses enfants, remercièrent chaleureusement le capitaine Allen Plower et le lieutenant Bracdook, qui les avaient si généreusement secourus, et montèrent dans les wagons du *Pacific-rail-road*, cette ligne unique au monde qui unit le Pacifique et l'Atlantique, San-Francisco et New-York.

(1) Nicolaïef est une ville située à l'embouchure du fleuve Amour.

On n'a pas oublié que leur rêve était de s'établir en France. Aussi, à peine arrivés à New-York, s'embarquaient-ils sur un des paquebots de la Compagnie Transatlantique, qui après une heureuse traversée les débarqua au Hâvre.

Leur but était atteint : ils foulaient le sol français...

***

Ce long récit est maintenant terminé, mais, historien sincère, après avoir raconté les péripéties terribles qui traversèrent les destinées de nos héros, nous ne pouvons nous dispenser de dire quelques mots de leur bonheur.

Alexis et Wasilika Rouvanoff, avaient décidé de s'établir à Paris. Ils possédaient encore quelques milliers de roubles; mais cette modeste fortune ne pouvait éternellement durer; une heure viendrait où il n'en resterait plus rien.

En homme prudent, Alexis songea à conjurer cette triste éventualité.

Tous deux parlaient français comme des Russes, c'est-à-dire presque aussi purement que des Parisiens; cette terrible difficulté, le langage, qui, en pays étranger, paralyse tant de bonnes volontés, n'avait donc aucune prise sur eux. Après avoir bien réfléchi, Alexis acheta pour Wasilika un petit magasin de fourrures, fort modeste à la vérité, mais qui pouvait, sans trop de gêne, la faire vivre elle et ses enfants.

Quant à *lui*, il s'arrangea avec quelques libraires et obtint des traductions de romans russes, comme à Saint-Pétersbourg il avait obtenu des traductions de romans français.

Vaillant et courageux, il put bientôt regarder l'avenir d'un œil assuré.

Aujourd'hui toute cette petite famille, à laquelle nous allons dire un éternel adieu, vit heureuse et paisible dans cette grande ville où l'on ignore jusqu'au nom de Serge Rouvanoff. Après de si longues et si cruelles épreuves, toute une vie de calme et de bonheur se déroule devant elle.

Les enfants, Yegor et Dimitri, suivent les cours d'un de nos grands lycées et travaillent sérieusement, afin de pouvoir rendre un jour à leur mère, à leur père adoptif, tout ce qu'ils ont fait pour eux, prendre soin de leur vieillesse, comme ils avaient, eux, aimé, protégé leur enfance.

L'ambition n'était pas d'en faire des savants, des hommes illustres; mais des natures honnêtes, des vaillants et courageux travailleurs.

— Le travail et l'instruction, disait Rouvanoff, voilà les deux seuls leviers qui élèvent l'homme et le font aimer et respecter de tous. Qu'importe l'habit, c'est au cœur qu'on regarde! Qu'importe encore le degré de l'échelle sociale qu'on occupe : le travail n'est pas une déchéance! Travaillez donc, instruisez-vous, et vous deviendrez des hommes...

Ces paroles, espérons-le, ne seront pas perdues pour les jeunes Rouvanoff.

Il ajoutait encore.

— Si cordiale que soit l'hospitalité que vous donne la France, n'oubliez pas, mes enfants, que vous êtes nés sur le sol moscovite. Aimez votre patrie, c'est la plus noble, la plus pure passion de l'homme, car c'est la seule peut-être qui soit exempte d'égoïsme; n'oubliez pas encore que vous lui devez votre sang jusqu'à la dernière goutte, toute votre intelligence, et que si jamais l'intégrité de son territoire était menacée, vous devez tout quitter pour voler à sa défense...

— Et Bolsko? dira-t-on.

Bolsko a terminé son voyage. Accompagné de ses enfants, il a traversé de nouveau toute la Sibérie et a revu son beau fleuve, son Volga tout bleu, au bord duquel campe sa horde. Il n'a pas oublié ses amis, son frère et sa sœur comme il les appelait; il voudrait bien les revoir; vingt fois déjà il a formé le projet, projet auquel Andreanow et Stephania applaudissent des deux mains, de traverser la Prusse, de passer le Rhin, d'aller à Paris embrasser Wasilika et les enfants, puis de repartir ensuite.

Mais ses steppes sont si vertes, son fleuve si bleu, qu'il dit :

— Demain!

Et il reste.

Stephania non plus n'a pas oublié son amie, sa sœur, Wasilika, les deux lutins qui couraient toujours après elle. Souvent, assise sur les rives du Volga, elle pense à tous ces jours, si terribles, mais si bons, car on s'aimait, et son imagination franchissant avec des ailes, ces pays que Bolsko voudrait traverser à pied, va se reporter sur un tout petit intérieur où elle voit une jeune femme sourire à deux beaux enfants...

Mais il est un voyage que les bohémiens ont juré de ne jamais oublier de faire. Bien loin, bien loin au-delà du Volga, de l'Obi, de l'Ienissei, dans les steppes sauvages, il est une pauvre sépulture sur laquelle jamais personne ne vient s'agenouiller, prier : la tombe d'Ismaëloff...

Eux, ils ont juré d'aller chaque printemps s'agenouiller, ne fut-ce qu'une heure, une minute sur cette pauvre tombe, et là, de prier pour celui qui était mort pour les sauver.

Et, ils ont accompli deux fois ce pieux pèlerinage, depuis que se sont passés les événements que nous venons de raconter.

Quant à Grégory Michaëlanoff, le misérable et lâche espion, il ne fut regretté de personne.

FIN.

TABLE

FIN DE LA TABLE.

Limoges. — Imp. E. ARDANT et Cie.

www.ingramcontent.com/pod-product-compliance
Ingram Content Group UK Ltd.
Pitfield, Milton Keynes, MK11 3LW, UK
UKHW031856260826
14628UKWH00002B/807

9 782013 412063